한시로 쓴 창경궁 이야기

춘당사계

春塘四季

한시로 쓴
창경궁 이야기

춘당사계
春塘四季

글·사진 김범중

좋은땅

목차

〈讚昌慶宮〉 창경궁 예찬, 2020. 9. 5. 김범중

현묘한 구름 안개 동녘에 일어나

상서로운 기운 넘쳐흐르네.

상제는 하늘의 은혜 세상에 베풀고

성군은 하늘 뜻 받들어 자비를 실행했네.

졸졸 흐르는 옥천수 숲속을 지나 흐르는데

애석한 사연은 애달프게 가슴 저며 오네.

연못의 원앙은 옛 친구 부르며 노는데

숲속에 조잘대는 새 노래 누굴 위한 답가인가?

슬프도다 왜적이 침입하여 노략질했어도

곳곳에 서린 선조의 얼 기틀을 지켰네.

꽃 피고 낙엽 지며 세월은 흐르는데

명천지하란 옛말은 공염불이던가?

玄雲妙霧起東眉, 祥氣瑞機滿地漓. 현운묘무기동미, 상기서기만지리.

上帝天恩施世上, 聖君承志踐仁慈. 상제천은시세상, 성군승지천인자.

淸磬玉水過林去, 哀惜事緣侵肺悲. 청성옥수과림거, 애석사연침폐비.

鴛弄水邊呼故友, 鳥鳴林裏答歌誰. 원농수변호고우, 조명임리답가수.

痛哉倭賊不時掠, 多幸先靈守礎機. 통재왜적부시략, 다행선령수초기.

葉落花開烏兎復, 明天之下或虛辭. 엽락화개오토복, 명천지하혹허사.

* 烏兎: 세월.
* 明天之下: '밝은 하늘 아래'라는 뜻으로 총명한 임금이 다스리는 태평세상을 의미하는 성
  어(成語).

1 머리말

궁궐 이야기인 『춘당사계(春塘四季)』는 한마디로 화개화사(花開花謝)
이다. 궁궐은 왕조 경영의 중추가 되는 소중한 장소이자, 왕과 왕족의 희
로애락이 담긴 생활공간이었기 때문이다. 현재 서울에는 경복궁(景福
宮)·창덕궁(昌德宮)·창경궁(昌慶宮)·덕수궁(德壽宮)·경희궁(慶熙宮)
등 5대 궁궐이 있다. 경복궁은 태조 이성계가 조선을 개국하면서 지은 궁
궐이고, 창덕궁은 태종이 1405년 경복궁의 동쪽 지금의 자리에 세운 궁궐
로 세계문화유산이다. 창경궁(昌慶宮)은 성종이 창덕궁의 동쪽에 창덕궁
과 인접하여 지은 궁궐이다. 덕수궁은 당초 월산대군(月山大君)의 사저였
는데, 임진왜란 후 선조(宣祖)의 임시 거처로 사용되다 몇 번의 개칭을 거
쳐 1907년 순종 대에 이르러 덕수궁이라 부르게 되었다. 경희궁은 광해군
이 인조의 아버지 정원군의 집터에 세운 궁궐이다.

창경궁은 경복궁·창덕궁에 이어 세 번째로 지어진 조선 시대 궁궐이
다. 조선 왕조는 건국 초기부터 경복궁을 법궁(法宮)으로, 창덕궁을 이궁
(離宮)으로 사용하는 양궐 체제를 이어 왔다. 그러나 왕실 가족이 늘어나
면서 차츰 창덕궁의 생활공간이 좁아졌다. 이에 성종은 왕실의 웃어른인

세 대비(정희왕후·소혜왕후·안순왕후)가 편히 지낼 수 있도록 태종이 거처했던 수강궁(壽康宮)을 수리하여 확장한 것이 오늘의 창경궁이다.

창경궁은 비록 경복궁이나 창덕궁에 비해 규모는 작으나, 다른 궁궐에서는 찾아볼 수 없는 소중한 가치를 지니고 있다. 웃어른을 편히 모시기 위한 임금의 효심이 배어 있을 뿐 아니라, 창경궁의 전신인 수강궁 역시 왕의 자리에서 물러난 상왕을 편히 모시기 위한 아들의 효심이 서려 있던 곳이다. 오늘날 창경궁이 효궁(孝宮)이란 이름을 얻은 이유이기도 하다.

무엇보다 한양 궁궐의 전각은 대부분 임진왜란·인조반정·일제강점기 등을 거치면서 화재 등으로 소실되었다가 복구되었다. 그러나 창경궁의 정전(正殿)인 명정전(明政殿), 정문(正門)인 홍화문(弘化門), 전문(殿門)인 명정문(明政門)은 광해군이 중건했을 당시의 모습을 그대로 유지하고 있다. 또한, 왕실 여성을 위한 생활공간이었기에 어느 궁궐보다 아담하게 꾸며졌고 전각마다 왕실의 애환이 서려 있어 지금도 그 모습이 창연하다.

궁궐의 아름다움에 감탄하여 정조는 동궐(東闕)에 대한 경치를 읊어 상림십경(上林十景)을 지었는데, 그중 관풍각(觀豊閣)에서 봄에 밭갈이하는 풍경을 묘사한 시가 전해진다.

〈觀豊春耕〉 **관풍 춘경, 정조(1752~1800)**

새끼 비둘기 날개 퍼덕이고 얼룩 비둘기 울어대니
물 가득한 빈 논에 비로소 모내기하누나.

이때부터 제왕들이 부지런히 힘써 농사짓고

보기당 아래서 가을 풍년 고하였네.

乳鳩拂翅斑鳩鳴, 水滿公田始課耕. 유구불시반구명 수만공전시과경.

自是帝王勤稼穡, 寶岐堂下告秋成. 자시제왕근가색 보기당하고추성.

옥천(玉川)은 창덕궁의 후원에서 발원하여 창경궁의 동북쪽에서 춘당
지(春塘池)를 이루며 창경궁의 남쪽으로 흐른다. 마치 커다란 옹달샘같이
맑은 춘당지는 한가운데 아름다운 섬을 품고 있다. 물속의 크고 작은 물
고기와 주변의 우거진 수목 등 어느 궁궐에서도 볼 수 없는 빼어난 경관
을 자랑하며 창경궁의 전각을 안고 청계천으로 흘러간다.

융성 번창하던 창경궁은 일제 강점기에 대부분 훼철(毀撤)되어 형체조
차 찾아볼 수 없는 전각이 많다. 그러나 예나 지금이나 조상의 얼이 살아
숨 쉬는 듯하고, 그래서 궁궐이 더욱 아름답고 숙연해 보인다. 지금은 외
전으로 정전인 명정전(明政殿)과 편전인 문정전(文政殿)이 있고, 주요 내
전으로는 환경전(歡慶殿) · 경춘전(慶春殿) · 통명전(通明殿), 당(堂)은 양
화당(養和堂) · 숭문당(崇文堂), 헌(軒)은 영춘헌(迎春軒)과 집복헌(集福
軒) 등이 있다. 주요 문은 정문인 홍화문(弘化門)과 전문인 명정문(明政
門) 그리고 선인문(宣仁門) 등이 있다.

이와 같이 궁궐의 수많은 전각은 역사적인 사건을 겪으며 부침을 거듭
하여 왔다. 이제 궁궐은 역사 속에 등장했던 과거의 공간으로서뿐만 아니
라 우리의 삶 속에서 공존하는 현재의 공간으로써, 나아가 미래세대가 주
도할 미래의 공간으로 새로운 의미를 갖는다. 온고지신(溫故知新)이란 말

을 떠올리지 않더라도 선조의 삶과 얼이 배어 있는 궁궐은 우리의 삶을 더욱 풍요롭게 가꾸어 줄 보고(寶庫)이다.

필자는 2013년부터 지금까지 창경궁에서 근무하고 있다. 6년 전 절친한 지인의 권유로 한시에 입문하여 지금까지 서정시 600여 수를 지었다. 이 글은 한시를 습작하는 과정에서 썼으며, 사진은 필자가 근무하며 그때 그때 필요시 직접 촬영한 것이다. 미흡하지만 매일 출퇴근하며 바라보는 전각의 유래와 그 속에 담겨진 사연, 계절의 변화에 따른 자연 경물을 표현하고자 하였다. 역사에 대한 풍부한 지식이 없고, 체계적으로 한시 작법을 배운 것이 아니기 때문에 여러모로 한계가 있었음을 고백한다. 독자 여러분의 넓은 혜량(惠諒)과 많은 지도를 바란다.

이 책이 나오기까지 시문을 지도해 주시고 감수해 주신 강원대 남상호 명예교수님께 깊은 감사의 말씀을 드린다. 또한 자료 제공과 원고 교정 등 물심양면으로 도와주신 창경궁 직원분들께 심심한 감사의 말씀을 드린다.

2022. 2.
김범중 삼가 쓰다.

2 창경궁 예찬

가. 효궁(孝宮)의 태동

한양의 5대 궁궐 중 가장 아름다운 궁궐인 창경궁은 성종 15년(1484년) 9월에 옛 수강궁[1]터에 지었다. 건설을 시작한 지 16개월 만에 7전(殿), 2당(堂), 1각(閣), 1정(亭) 등 주요 전각이 완성되어 궁궐로서의 면모(面貌)를 갖추었다.

"서거정에 명하여 전각의 이름을 짓게 하였는데 전(殿)은 명정(明政)·문정(文政)·수녕(壽寧)·환경(歡慶)·경춘(景春)·인양(仁陽)·통명(通明)이고, 당(堂)은 양화(養和)·여휘(麗暉)이며, 각(閣)은 사성(思誠)이고, 정(亭)은 환취(環翠)이다."[2]

---

1) 태종(太宗: 이방원)이 세종(世宗)에게 왕위를 물려주고 퇴임하여 머물기 위해 1418년에 건립하였다. 위치는 창덕궁 동쪽으로 현재 창경궁 자리이다. 태종은 수강궁(壽康宮)에 머물다가 1422년 5월 10일 승하했다. 이후 단종(端宗)의 처소로도 사용되었는데 경복궁으로 처소를 옮겼다가 노산군(魯山君)으로 강봉(降封)되어 다시 수강궁으로 돌아와 머물렀다. 세조도 이곳을 거처로 사용하다 승하했고, 예종은 이곳에서 즉위했다. 『두산백과』

2) 『성종실록』163권(성종 15년 2월 11일): 戊辰/議政府左贊成徐居正承命, 擬新宮諸殿

당시 임금이 법궁(法宮, 正宮이라고도 한다)으로서 "명당으로 인식하고 있던 곳은 경복궁이 아닌 창덕궁이었다."[3] 창경궁은 창덕궁의 부족한 공간을 보완하여 내전(內殿)의 공간을 확보하기 위해 지어졌다. 따라서 창경궁은 왕이 정치를 하기 위해 지은 궁궐이기보다 대비와 왕비를 위한 생활공간으로 활용되었다. 인조(仁祖)·영조(英祖)·정조(正祖) 등 몇몇 임금을 제외하면 이곳에서 정치 활동을 한 임금은 거의 없었다. 대부분 왕실 어른의 각종 연회 장소로 쓰이거나 왕실의 애사(哀事) 시 임금과 대비의 빈전(殯殿)이나 혼전(魂殿)으로 사용된 사례가 더 많았다. 더구나 고종 때 경복궁이 중건되어 다시 법궁 역할을 하면서 창경궁은 텅 비어 있었다고 해도 과언이 아닐 것이다. 그러나 창경궁은 유사시 임금이 정치를 할 수 있도록 정전(正殿), 편전(便殿) 등 법궁으로서의 제(諸) 제도를 갖추었다.

창경궁의 옛터에는 수강궁 외에도 태조가 상왕이 된 후 거처하던 덕수궁 등 여러 전각이 있었다. 그중에서 "광연전(廣延殿)은 사육신(死六臣)이 단종을 복위시키기 위해 거사를 도모한 사육신 사건의 장소가 되었다."[4]

閣之名以進. 殿曰明政, 文政, 壽寧, 觀慶, 景春, 仁陽, 通明, 堂曰養和, 麗暉, 閤曰思誠. 『성종실록』168권(성종 15년 7월 5일): 上於昌慶宮 通明殿北, 構一亭, 親命名曰: '環翠', 令左副承旨金宗直, 製記以進.

3) 『성종실록』171권(성종 15년 10월 11일):「景福宮, 雖壯麗, 然此都正明堂, 乃昌德宮也」

4) 김연신.『창경궁의 건축과 인물』문화재청. 2008. p. 19. 이하『창경궁의 건축과 인물』이라 한다.

결국 실패로 끝나서 "사육신은 형장의 이슬로 사라지고 단종은 영월로 유배 가게 되었다."[5] 성삼문이 형장으로 끌려가면서 마지막으로 지은 충절의 시가 가슴을 저며 온다.

〈臨死賦絶命詩〉[6] 임사부절명시, 성삼문(成三問, 1418~1456)

둥둥둥 북소리 목숨을 재촉하는데
고개 돌려 보니 해는 서산에 저무네.
황천길에는 주막 하나 없다는데
오늘 밤은 뉘 집에서 묵어야 하나.

擊鼓催人命, 回首日欲斜. 격고최인명, 회수일욕사.
黃泉無一店, 今夜宿誰家. 황천무일점, 금야숙수가.

궁궐은 일반적으로 좌측에 왕의 조상을 모신 종묘(宗廟)를 세우고, 우측에는 지신을 모시는 사직(社稷)을 배치한다. 또한 궁궐의 전면에 왕이 정치하는 장소인 조정(朝廷)을, 후면에는 왕족의 거처인 침전(寢殿)을 배치한다. 창경궁도 이러한 기준에 따라 전각을 지었는데 정전과 정문을 동

---

5) 『세조실록』4권(세조 2년 6월 7일): 朴彭年已服招死於獄中, 義禁府啓: 朴彭年, 柳誠源, 許慥等, 自去年冬, 與成三問, 李塏, 河緯地, 成勝, 兪應孚, 權自愼結黨謀反, 罪應凌遲處死. 請將慥, 彭年, 誠源屍車裂梟首傳屍.
　『세조실록』8권(세조 3년 6월 21일): 降封爲魯山君, 俾出居寧越, 厚奉衣食, 以保終始, 以定國心.

6) 『연려실기술(燃藜室記述)』제4권.

향으로 입향했다. 높고 낮은 지세를 거스르지 않고 언덕과 평지를 따라가며 터를 잡아 필요한 전각을 지었다. 즉, 남·서·북쪽이 구릉이고 동쪽이 평지인 지세라 이에 순응하여 전면에 외전(外殿)을, 뒤에 내전(內殿)을 배치함으로써 배산임수(背山臨水)의 사상을 거스르지 않기 위함으로 짐작된다. 또한 『동국문헌비고(東國文獻備考)』[7]에 의하면 예부터 대비가 거처하는 곳은 반드시 대궐의 동쪽이었기에 동묘(東廟)라 하였으며, 대비전으로 지은 창경궁은 이런 이유 때문에 정전(正殿)을 동쪽으로 입향했다는 해석도 있다.

이와 같이 창경궁 터는 뒤 매봉산을 주산으로, 멀리 남산을 안산으로 하는 길지에 자리 잡아 일찍이 왕궁의 터전으로 유서 깊은 역할을 하고 있었다. 또한 수강궁 등 여러 전각들은 창덕궁의 일부가 되거나, 왕의 자리에서 물러난 상왕의 거처로 이용되었다. 아버지인 상왕을 모시기 위한 아들의 효심이 서려 있고 불사이군(不事二君)의 우국충절(憂國忠節)이 배어 있는 곳이었다.

〈宮址〉 창경궁 터, 2020. 9. 20. 김범중

응봉산 남쪽 넓은 마당
일찍이 상서로움이 서려 있는 곳.

7) 조선조 21대 영조 46년(1770)에 홍봉한(洪鳳漢) 등이 왕명에 의하여 우리나라 고금의 문물제도(文物制度)를 수록한 책. 『한국고중세사사전』

편안한 곳에서 오래 즐길 수 있어
효궁이란 아름다운 이름 얻었다네.
광음은 세상을 읊고 지나고
운우는 무지개 희롱하며 일어나네.
산새들 노래하고 온갖 꽃 가득하니
만민의 복록 넘쳐 나네.

山南隱大院, 瑞氣早凝盛. 산남은대원, 서기조응성.

長樂由安處, 孝宮得美名. 장락유안처, 효궁득미명.

光陰吟世去, 雲雨弄虹生. 광음음세거, 운우농홍생.

野鳥繁花滿, 人民福祿宏. 야조번화만, 인민복록굉.

* 장락궁(長樂宮)이 중국 한나라 고조가 진나라의 흥락궁(興樂宮)을 고쳐 지은 궁궐로 태
후의 거처가 된 것처럼, 창경궁은 성종이 세 대비를 모시기 위해 수강궁(壽康宮)을 고쳐
지은 궁궐이다.

〈思壽康〉 수강궁을 생각하며, 2019. 3. 15. 김범중

응봉산을 등지고 목멱산 바라보던
왕조의 애달픈 사연이 서려있던 전각.
새로운 궁궐 세워져 흔적은 없지만
선조의 얼은 여전히 깊게 남아 있네.

背山睎木覓, 玉殿有多恍. 배산희목멱, 옥전유다조.

沒跡新宮立, 先靈愈益昭. 몰적신궁립, 선령유익소.

〈成宗大王〉 성종 대왕, 2017. 12. 20. 김범중

지극한 효심으로 명석하게 자라나

큰 뜻을 품고 용상에 올랐네.

조정을 바로잡고 국헌을 정비하니

백성은 태평성대를 누리네.

扇枕溫被哲, 壯志得龍床. 선침온피철, 장지득용상.

整室修朝典, 民歸堯舜光. 정실수조전, 민귀요순광.

* 扇枕溫被: 중국 진나라의 왕연(王延)이 여름에는 부모의 침구를 부채질하여 시원하게 하고, 겨울에는 자기 몸을 따듯하게 하여 부모를 따듯하게 모셨다는 고사(故事)이다.

성종은 "임금은 반드시 남면하고 다스리는 것인데 창경궁은 동향인지라 임금이 정치하는 곳이 아니라고 여긴다"[8]고 하였다. 그러나 창경궁은 궁궐의 제제도를 갖추었음으로 임금이 정사를 돌보기에 부족함이 없었다. 성종은 여러

---

8) 『성종실록』171권(성종 15년 10월 11일): 人君必須南面出治, 昌慶宮東向也, 非人君出治之所.

해 동안 창덕궁과 창경궁을 오가며 정사를 돌보았다고 한다. 지극한 효자였던 성종은 조선을 창업한 태조 이후 세종에 이어, 조선 왕조의 정치·경제·사회·문화 등 다양한 분야에서 기반을 닦고 체제를 완성한 임금이었다. 시문에도 능해 시 110제 204수가 『열성어제(列聖御製)』[9]에 수록되어 있는데, 이 중 안평대군의 「비해당사십팔영(匪懈堂四十八詠)」에서 차운한 43수 및 소상팔경(瀟湘八景) 16수, 어제망원정(御製望遠亭) 8수 등은 성종의 대표작이다.

〈瀟湘八景〉 소상팔경, 성종(1457~1494)

말간 햇살을 품은 산이 온통 비취 빛으로 물들고
소소히 내리던 비가 서서히 걷히네.
산등성이에 놀던 흰 비단 구름 바람에 춤추고
빗방울 흠뻑 젖은 바위와 나무들은 색이 선명하네.
구름 속에 숨은 햇빛 엷어서 마을은 그림자에 덮이고
시끄러운 개울 물소리 어디에서 나는가.
숲 건너편에 집 한 채 있는 줄 알겠으니
정오 무렵엔 닭들이 목청껏 울기 시작하겠지.

宛轉山橫翠, 霏微雨弄晴. 완전산횡취, 비미우롱청.
羅紈輕掩暎, 巖樹午分明. 나환경암영, 암수사분명.
日薄前村影, 溪喧何處聲. 일박전촌영, 계훤하처성.
隔林知有屋, 鷄趁午時鳴. 격림지유옥, 계진오시명.

---

9) 조선시대 임금이 지은 시문을 모은 책으로 104권이다.

〈孝主〉효성스런 임금, 2017. 12. 23. 김범중

어머니 생각하며 새로운 궁궐 짓고

아버지를 추모하며 종묘에 제사 모셨네.

지나친 효심이 적삼을 붉게 물들였는데

곧 닥칠 조정의 재앙을 누가 알았으리?

想母成新闕, 崇翁祫廟堂. 상모성신궐, 숭옹협묘당.

孝心濡襖亦, 誰識面朝殃. 효심유오적, 수식면조앙.

* 성종의 아버지 의경 세자는 20세에 죽어 동생 해양대군(海陽大君)이 왕위에 올라 예종이 되었다. 그러나 예종도 즉위 14개월 만에 승하하자 성종이 왕위에 올랐다. 성종은 1471년(성종2년)에 의경 세자를 덕종으로 추존하고 종묘에 모셨다.
* 붉은 적삼: 성종비이며 연산군 생모 윤비가 사약 받을 시 입었던 저고리.

나. 반복된 소실(燒失)과 복구(復舊)

　대부분 전각이 임진왜란 때 소실되어 1616년(광해군 8년)에 중건되었다. 그 후 1624년(인조 2년) 이괄의 난에 의한 화재, 1830년(순조 30년) 내전(內殿)의 화재 등으로 소실과 복구가 반복되다가 1834년(순조 34년)에 복구되었다. 동궐도에 남아 있는 내전(內殿)은 대부분 이때 세워진 건물이다. 그러나 1907년 순종이 즉위하면서 일제에 의해 많은 전각이 헐리고 그 자리에 동물원과 식물원이 세워졌다. 또한 주요 전각의 내부를 개조하여 박물관을 만들고 이름도 창경원으로 바꿔 왕실의 존엄성과 상징성이 훼손되었다. 그 후 1983년부터 궁궐의 복구가 시작되었으나 아직도 복원의 손길을 기다리는 부분이 많이 남아 있다.

　이러한 사실은 순조 대에 도화서(圖畫署)에서 그린 동궐도(東闕圖)[10]를 보면 극명하게 나타나 있다. 동궐도는 수많은 전각과 수목이 어우러져 명

---

10) 동궐도는 순조 대인 1826년에서 1830년 사이에 도서화원들이 그린 것으로 추정된다. 동궐인 창덕궁과 창경궁의 전각 및 궁궐 전경을 조감도형식으로 그린 2점의 16폭의 궁궐배치도로 가로 576cm, 세로 273cm 상당한 대형 그림이다. 1989년 8월 국보 제249호로 지정되었으며, 고려대학교 박물관과 동아대학교 박물관에서 소장 중이다. 『두산백과』

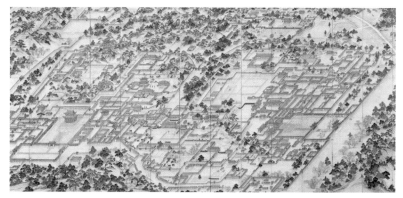
〈동궐도〉(출처: 문화재청 창경궁 관리소)

실공히 수백 년을 이어온 사직(社稷)의 면모를 담고 있다. 현재 창경궁에는 정문 영역의 홍화문·옥천교·명정문, 명정전·문정전 등 외전(外殿), 경춘전·환경전·통명전·양화당·영춘헌·집복헌 등 내전(內殿) 및 부속 건물이 있다. 이 중 명정전은 국보로, 홍화문·명정문·옥천교·통명전 등은 보물로 지정되어 있다. 최근 여러모로 궁궐 활용방안을 시행하고 있으나, 훼철(毁撤)된 전각을 복원하여 선조의 문화유산을 보존하는 사업도 병행하여 추진하면 더욱 좋을 듯하다.

〈望東闕圖〉 동궐도를 바라보며, 2017. 5. 21. 김범중

빽빽한 전각은 옛 영화를 보여 주는데
오늘날 곳곳의 숲은 무너진 왕실을 말하네.
몇몇 남은 전각 창연한 빛을 띠지만

해마다 방초는 다시 피어나네.

叢叢毀殿示舊榮, 處處深林言圮甍. 총총훼전시구영, 처처심림언비맹.

多少堂軒留惻色, 年年芳草又來盛. 다소당헌류측색, 연연방초우래성.

창경궁 전경

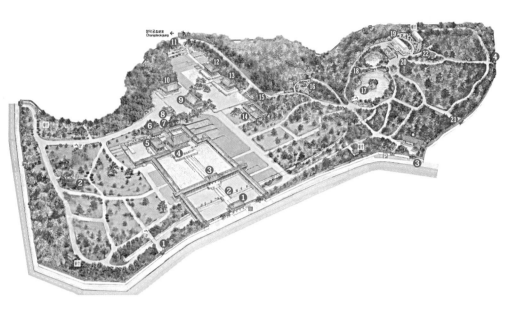

창경궁 안내도

① 홍화문	⑩ 경춘전	⑲ 식물원
② 옥천교	⑪ 함양문	⑳ 자생식물학습장
③ 명정문	⑫ 통명전	㉑ 과학의 문
④ 명정전	⑬ 양화당	㉒ 관덕정
⑤ 문정전	⑭ 영춘헌과 집복헌	
⑥ 숭문당	⑮ 풍기대, 양부일구	① 선인문
⑦ 빈양문	⑯ 성종태실비	② 관천대
⑧ 함인정	⑰ 춘당지	③ 월근문
⑨ 환경전	⑱ 팔각칠층석탑	④ 집춘문

다. 주요 전각

□ 명정전

창경궁의 정전 명정전

　명정전(明政殿)은 창경궁의 정전(正殿)으로 정치를 밝히는 곳이란 의미를 갖고 있다. 법전(法殿)이라고도 한다. 임금의 즉위식, 신하들의 하례, 과거시험, 궁중 연회 등 궁궐의 공식적인 행사가 거행되었던 전각이다.

"창경궁의 법전이다. 세상에서 이르기를 고려 때 창건한 것이라 한다. 동쪽을 명정문(明政門)이라 하고, 남쪽을 광정문(光政門)이라 하며, 북쪽을 영청문(永淸門)이라 한다."[11]

명정전(明政殿)은 국보(國寶)로 지정된 창경궁의 유일한 전각이며 현존하는 궁궐의 정전 가운데 가장 오래된 건물이다. 임진왜란 때 대부분 궁궐이 소실된 후 창덕궁과 창경궁은 광해군 대(代)에 재건되었다. 그 후 인조반정, 이괄의 난, 순조 때 화재, 일제의 훼손 등으로 많은 전각이 소실(消失)과 재건(再建)이 반복되었으나 명정전은 광해군 때 건축된 모습 그대로 유지되고 있다. 명정전은 이 중의 월대 위에 정면 5칸, 측면 3칸의 단층 팔작지붕[12]으로 건축되었다. 사방을 행랑(行廊)으로 두르고 동쪽에는 명정문(明政門), 남쪽에는 광정문(光政門), 북쪽에는 영청문(永淸門) 등이 있으며 동향으로 입향했다.

〈明政殿〉 명정전, 2016. 7. 28. 김범중

효심으로 반석을 쌓아

충심으로 기둥 세웠네.

---

11) 윤한택 외. 『궁궐지 2』. 서울학 연구소. 1996. p. 13. 이하 『궁궐지 2』라 한다.
12) 한식 가옥 지붕구조의 하나로, 합각(合閣)지붕 또는 팔작집이라고도 한다. 지붕위에 박공이 달려 용마루 부분이 삼각형의 벽을 이루고 처마 끝은 우진각지붕과 같다.

선대의 음덕 지붕에 가득하니
백성은 풍요와 영광 누리네.

懷橘基盤石, 忠心立柱樑. 회귤기반석, 충심입주량.
祖功尤頂溢, 百姓享豊榮. 조공충정일, 백성향풍영.

*회귤(懷橘): 효자의 정성을 이르는 말로 중국 후한(後漢)의 육적(陸績)이 여섯 살 때 원술 (袁術) 댁을 방문했는데 상에 차려 내온 귤 세 개를 옷 속에 품었다가, 하직 인사할 때 그 만 땅에 떨어뜨렸다. 원술이 이상히 여겨 물으니, 돌아가 어머니에게 드리려 하였다고 하여 육적회귤(陸績懷橘)이란 고사성어가 되었다.

명정전 행랑

□ 문정전

창경궁의 편전 문정전

문정전(文政殿)은 창경궁 창건 시 건축된 왕의 공식 집무실인 편전(便殿)으로 동향인 명정전과 달리 정남향으로 지어진 전각이다. 정면 3칸, 측면 3칸으로 창덕궁의 선정전(宣政殿)과 유사한 규모로 지은 단층 팔작지붕이다. 임진왜란 때 소실된 후 광해군 대에 재건되었다. 그러나 일제 강점기에 훼철(毀撤)되어 1986년에 복원되었다. 사도세자가 아버지 영조에 의해 뒤주 속에서 목숨을 잃은 아픔을 안고 있는 전각이다. 편전으로서의 용도보다는 왕실의 애사(哀事) 시 빈전(殯殿)과 혼전(魂殿)으로 자주 사용되었다. 이는 창경궁을 건축한 목적과도 관련이 있어 보인다. 즉 성종께서 대비를 따로 모시기 위한 공간으로 지었기 때문으로 생각된다. 문정전은 멀리 남산이 아득히 보이며 여름이면 담장 너머 배나무에 돌배가 탐스럽게 익어 가고 회화나무의 매미 소리가 요란하다.

〈文政殿〉 문정전, 2016. 10. 9. 김범중

정전 옆 아름다운 전각

화려하나 오히려 아픔이 서린 곳.

흔적은 없지만 세자의 체취 남아 있어

지금도 뒤주 속 절규가 들리는 듯.

殿側留徽閣, 華椽却痛悲. 전측류휘각, 화연각통비.

無痕人嗅在, 柜呌若還時. 무흔인후재, 거규약환시.

□ 환경전

임금의 침전 환경전

환경(歡慶)은 기쁘고 경사스럽다는 뜻이다. 경춘전 앞에 위치한 환경전(歡慶殿)은 정면 7칸, 측면 4칸에 가운데 3칸을 대청으로 두고 지은 정남향의 전각이다. 통명전·경춘전·양화당과 함께 창경궁의 내전을 구성하는 전각이다. 창경궁 창건 당시 안순왕후(安順王后)의 처소로 지은 것으로 추측되나 주로 임금이 거처하는 침전(寢殿)으로 사용되었다. 환경전도 문정전과 마찬가지로 왕실의 애사, 즉 장례의식과 관련 깊다. 1544년 중종이 환경전에서 승하하였고, 소현세자(昭顯世子)가 8년간 청나라의 인질 생활을 마치고 돌아와 짧은 투병 생활 끝에 이곳에서 죽었다. 특히 1830년 효명세자(孝明世子)가 대리청정 중에 죽자 그 재궁(梓宮)을 모신 빈궁으로 쓰이다가 화재가 발생하여 전소되었다. 이때 경춘전·양화당 등

인근 내전 대부분이 불에 타 소실되었다가 4년 후인 1834년에 복구되어 오늘에 이른다. 환경전 뒤편에는 노령의 살구나무 한 그루가 있어 해마다 봄이면 화사한 꽃을 피우며 전각을 굽어보고 있다.

〈歡慶殿〉환경전, 2016. 8. 4. 김범중

궁궐 깊은 곳 남향의 아름다운 전각
한 그루 살구나무 오늘도 전각을 굽어보네.
지난날 애달픈 사연 아는지 모르는지
해마다 피어나는 꽃송이 객의 발걸음 불잡네.

深宮幽處有南宸, 一杏軒邊今瞰闉. 심궁유처유남진, 일행헌변금감은.
知或不知過去事, 華花歲歲脚頭逬. 지혹부지과거사, 화화세세각두둔.

□ 경춘전

대비의 침전 경춘전

경춘전(景春殿)은 성종께서 창경궁을 건설한 주된 목적인 대비의 처소로 지어져 주로 왕비들의 생활공간으로 사용되었다. 정면 7칸, 측면 4칸의 팔작지붕으로 창경궁 창건 시 건축되었다. 임진왜란·이괄의 난 등으로 소실된 후 복구되었으나, 순조 때 다시 화재로 소실되어 1834년(순조 34년)에 재건되었다. 영조의 첫 손자 의소세손(懿昭世孫)과 둘째 정조가 경춘전에서 태어났고, 헌종이 태어난 곳이다. 또한, 성종의 생모인 덕종비 인수대비(仁粹大妃), 숙종비 인현왕후(仁顯王后), 정조의 생모 혜경궁 홍씨가 승하한 곳이다. 이처럼 경춘전은 대비나 왕비가 거처하거나, 세자빈이 회임하여 처소로 삼고 있다가 왕자를 낳는 등 주로 왕실 여성들의 애환이 깃든 공간이었다. 전각의 뒤를 두른 화계(花階)는 봄이면 화사한 꽃이 피어나 화려하고, 가을에는 비단을 두른 듯 단풍잎이 화려하다.

〈景春殿〉 경춘전, 2016. 8. 2. 김범중

화계가 병풍처럼 둘러쳐 아름다운 전각
수려한 단청 대비의 침전임을 알리네.
궁궐 여인네의 애환이 서려 있던 곳
일각에는 비빈의 웃음소리 들리는 듯.

如屛花階繞娥堂, 秀麗丹靑告后房. 여병화계요아당, 수려단청고후방.
宮女哀歡陰內室, 今天一角見嬪香. 궁녀애환음내실, 금천일각견빈향.

□ 통명전

왕비의 침전 통명전

통명전은(通明殿) 창경궁 내전(內殿)의 중심 전각이며, 왕비의 침전을 이루는 전각 중 가장 상징적이고 규모가 크다. 정면 7칸, 측면 4칸의 단층의 이익공계 팔작지붕으로 지었다. 임진왜란, 이괄의 난 등으로 소실과 복구가 반복되었으나, 1790년(정조 14년)에 다시 화재로 소실되어 1834년(순조 34년)에 재건되어 오늘에 이른다. 용마루가 없는 것이 특징이다. 월대 위에 기단을 형성하고 그 위에 건물을 올렸으며 연회나 의례를 열수 있도록 넓은 마당에는 얇고 넓적한 박석을 깔았다. 지금도 통명전에서 가끔 고궁 음악회 등 궁궐의 크고 작은 행사가 열린다. 격심한 당쟁(黨爭)과 숙종의 환국 정치 소용돌이 속에서 장희빈(張禧嬪)과 인현왕후(仁顯王后)의 인간적인 애증이 서려 있는 전각이다. 전각 뒤쪽의 화계 아래에는 열천(洌泉)이라는 샘이 있는데, 맑은 물이 솟아나 서쪽의 사각 연못으로 흘러 들어간다.

〈通明殿〉통명전, 2016. 10. 17. 김범중

두 명의 빼어난 낭자 차례로 입궁하여
한 임금 사모하며 궁궐의 꽃 되었네.
바람의 행로 따라 서로 피고 졌는데
말 없는 두 노송만 그 사연 알겠지.

以次西施入, 思君到殿紅. 이차서시입, 사군도전홍.
從黨交出沒, 無說老松通. 종당교출몰, 무설노송통.

* 西施(서시): 중국 춘추전국시대에 월나라 미인으로 중국 4대 미인(서시 · 왕소군 · 초선 · 양귀비) 중 가장 오래된 미인으로 서시빈목(西市矉目)이란 성어(成語)가 유래되었다.

□ 양화당

인조가 한때 거처했던 양화당

통명전과 함께 나란히 남쪽을 향하고 있는 양화당(養和堂)은 정면 6
칸, 측면 4칸으로 창경궁 창건 시 건축되었다. 주로 왕과 왕비의 생활 공
간으로 이용되었다. 임진왜란 때 화재는 피했으나 이괄의 난, 순조 시 화
재 등으로 소실과 재건이 반복되었다. 현재의 모습은 순조 대(1834년)에
재건되었다. 병자호란(丙子胡亂) 때 인조가 삼전도에서 청나라에 항복
한 후 왕의 처소에 들지 않고 이곳에서 기거하며 청나라 사신을 접견했
다고 한다.

〈養和堂〉양화당, 2016. 3. 10. 김범중

산을 등진 안쪽 아름다운 전각
남향으로 멀리 목멱산이 선명하네.
삼전도 굴욕 후 인조께서 거주했던 곳
어의를 아는 듯 노송도 머리 숙이네.

背山內側有娥樓, 每日佇看木覓愁. 배산내측유아루, 매일저간목멱수.
降主三田留一度, 老松知意立垂頭. 항주삼전류일도, 노송지의입수두.

5층 석탑

□ 영춘헌과 집복헌

송림에 둘러싸인 영춘헌과 집복헌

유난히 노송이 울창한 영춘헌(迎春軒)은 전면 3칸으로 지어진 작은 집
으로 정조는 독서실 겸 집무실로 이용하였다. 정조는 후반기 대부분을 이
곳에서 생활했다. 그러나 1800년 6월, 몸에 난 종기가 갑자기 악화되어 49
세로 이곳에서 승하했다.

집복헌(集福軒)은 영춘헌의 서쪽 방향에 5칸으로 연결된 서행각 이다.
주로 후궁의 거처로 사용되었으며, 영조와 후궁 영빈 이씨 사이에 사도세
자(思悼世子)가 탄생한 곳이다. 또한 1790년(정조 14년) 7월 혜경궁 홍씨
생일날 순조가 이곳에서 태어났다. 순조의 돌잔치·왕세자관례·세자빈
의 첫 간택도 이곳에서 행해졌다.

〈迎春軒〉영춘헌, 2016. 11. 7. 김범중

소나무 우거진 산 아래 소박하고 아담한 집
새소리 바람 소리 들으며 글을 읽었을 군주.
밤새워 호롱불 심지 돋우며 아버지와 백성 생각하다
큰 꿈 남기고 홀연히 가니 소박하던 취향만 가득하네.

松林山下不丹栱, 觀鳥聽風熱讀文. 송림산하부단분, 관조청풍열독문.

想父爲民高炷覺, 有夢忽逝素香殷. 상부위민고주각, 유몽홀서소향은.

영춘헌 전경

3 춘당사계

〈春塘四季〉춘당사계, 2019. 8. 2. 김범중

응봉산자락 잔설 녹으니 매화꽃 피어나고
방초 피어난 화계 비단을 두른 듯 화려하네.
소나기 내린 춘당지 잉어 즐거워하고
황혼빛 서각은 매미의 애달픔 더하네.
새벽이슬 머금은 단풍잎 더욱 곱고 가을 깊어 가니
아침 서리 맞은 산새 처량하고 기러기는 떼 지어 가네.
맑은 빙판에 흰 구름 스쳐 가고 바람 소리 요란한데
차가운 지붕에 백설이 내리면 궁궐엔 상서로움 쌓이네.
음양이 교차하여 만물이 생기고
사철 풍광이 요순시대 다시 돌아온 듯.

消融宿雪請春梅, 芳草花梯繚錦臺. 소융숙설청춘매, 방초화제요금대.
急雨北池圖鯉樂, 慢暉西閣益蟬哀. 급우북지도리락, 만휘서각익선애.
露楓華麗秋香去, 霜鳥凄涼雁陣來. 노풍화려추향거, 상조처량안진래.
氷面雲橫風韻散, 冷薧粉下吉祥堆. 빙면운횡풍운산, 냉맹분하길상퇴.
坤乾遞轉諸生出, 四季風光堯舜回. 곤건체전제생출, 사계풍광요순회.

부족국가로 구성되었던 시기에 중국은 한때 태성성대를 맞이하게 되었는데
이 시기가 바로 요순시대(堯舜時代)이다. 요(堯) 임금은 나라 이름을 당(唐)이
라 하였으며, 순(舜) 임금은 나라 이름을 우(虞)라고 했다. 이 요순시대는 중국
에서 이상적인 정치가 베풀어져 백성들이 평화롭게 살았던 시대로 중국 사람
들은 요 임금과 순 임금을 가장 이상적인 군주로 숭앙(崇仰)하고 있다.

□ 새 생명의 산실 창경궁

봄꽃이 만개한 홍화문

창경궁의 봄은 응봉산(鷹峯山)으로부터 온다. 2월 중순이 되면 응봉산 자락의 산비둘기 울음소리 아득히 들리고 관람로 변의 생강나무는 연둣빛 새싹을 키우며 늦추위를 감내한다. 3월 초순에는 춘당지에서 옥천교 (玉川橋)에 이르기까지 울긋불긋 앞다투어 꽃이 피어난다. 이어 전각 뒤 화계에 개화(開花) 소식이 전해지며 궁궐은 춘화경명(春和景明)의 경지에 이른다. 일반적으로 꽃은 매화가 먼저 피고, 생강나무·산수유·진달래·목련 등의 순서로 봄소식을 알리지만, 창경궁은 해마다 생강나무와 산수유가 앞다투어 피어나 서로 봄의 전령임을 자랑한다.

봄은 자연과 사람에게 꿈과 희망을 안겨 주고, 만물을 약동하게 한다. 봄은 생명·희망·광명·기다리는 임을 의미하기도 한다. 그래서 예부터 사람들은 봄을 소재로 글을 쓰고, 그림을 그리고 노래했던 것 같다. 우리 나라는 사계절이 뚜렷하나 계절 사이의 경계를 구분하는 일은 쉽지 않다. 봄은 아무 예고도 없이 우리 곁에 살그머니 찾아온다. 중국에는 다음과 같은 시가 전해 온다.

> 종일 봄을 좇았으나 찾지 못하고
> 짚신 신고 동쪽 산 구름 속 헤매었네.
> 돌아와 매향 맡고 웃으며 수염을 비비니
> 봄은 이미 나뭇가지에 와 있더라.

> 終日尋春不見春, 芒鞋踏破嶺頭雲. 종일심춘불견춘, 망혜답파령두운.
> 歸來笑撚梅花臭, 春在枝頭已十分. 귀래소년매화취, 춘재지두이십분.

> * 판본에 따라 다른 점도 있다. 즉, 終日尋春不見春, 芒鞋踏破嶺頭雲: 歸來偶把梅
>   花嗅, 春在枝頭已十分.

봄은 만물을 잉태할 수 있는 원동력을 제공하고 자연은 봄에 자신의 삶과 후대를 위한 준비를 한다. 식물은 꽃과 잎을 피워 새로운 씨앗을 잉태하고, 동물은 짝짓기하여 2세를 낳아 기른다. 지금이야 결혼시즌이 따로 없지만, 사람도 예전에 새봄에 혼례를 치르던 풍습은 이러한 자연의 이치에 순응한 것은 아닐는지. 이렇듯 봄은 자연에 생기를 돋아 주고 꽃·봄바람·봄비·햇빛·산·새 등과 어우러져 봄에 대한 자연의 경물을 만들어 낸다.

조선 시대 대학자이자 문인인 매월당 김시습은 봄에 대한 정경을 이렇게 읊었다.

〈春〉[13] 봄, 김시습(金時習, 1435~1493)

붉은 살구와 산 복숭아 꽃 핀 시냇가 쓸쓸하고
작은 연못가 봄풀 하늘거리며 꿈꾸네.
동쪽성 안개에 잠겼지만 향그런 봄바람 따뜻하니
북쪽 집에는 우는 꾀꼬리와 어린 제비 나는구려.

紅杏山桃溪寂寂, 小塘春草夢依依. 홍행산도계적적, 소당춘초몽의의.
東城鎭霧香風暖, 北舍啼鶯乳燕飛. 동성쇄무향풍난, 북사제앵유연비.

그러나 생명의 봄·희망·님 같던 봄은 시간이 지남에 따라 어쩔 수 없이 지나가 버린다. 만발했던 각종 꽃들은 시들어 떨어지고 주변에 모여들었던 벌과 나비도 자취를 감춘다. 사람의 마음도 이에 동화되어 이별의 정한을 품기도 한다.

---

13) 『梅月堂詩集卷之三』

조선 중기 대문장가인 임제는 배꽃과 달을 소재로 이별의 정한을 읊었다.

〈閨怨〉[14] 규원, 임제(林悌, 1549~1587)

열다섯 시냇가의 아리따운 아가씨
남 보기 부끄러워 말 못 하고 헤어지네.
돌아와 대문 굳게 닫아 걸고
배꽃에 비친 달 보고 혼자 눈물짓네.

十五越溪女, 羞人無語別. 십오월계녀, 수인무어별.
歸來俺重門, 泣向梨花月. 귀래엄중문, 읍향이화월.

전면의 홍화문(弘化門)과 후면에 명정문(明政門)을 사이에 두고 있는 옥천교(玉川橋)는 꽃 대궐의 중심이다. 봄이 되면 옥천교 양변에 온갖 꽃이 만발하여 가히 무릉도원(武陵桃源)이 된다. 춘수(春水)를 가득 담은 춘당지에서 남행각에 이르는 구역은 관람객이 가장 선호하는 봄철의 관람로이다. 무겁고 칙칙하던 궁궐은 밝고 화사한 옷으로 갈아입고 역시 밝고 명랑한 상춘객을 맞이한다. 옥천교 앞에서 명정문을 바라보는 위치는 관람객이 가장 선호하는 포토라인이 된다.

해마다 봄과 가을에 기간을 정해서 한국문화재재단이 주관하는 궁중문화축전이 시행된다. 이 기간 중 창경궁에서 가장 오랫동안 임어했던 영조와 정조의 일상을 재현하는 등 각종 행사가 거행된다.

---

14) 『林白湖集卷之一』

화계를 장식한 봄꽃

〈峰鳰〉응봉산 뻐꾸기, 2017. 2. 1. 김범중

어제 밤비 꽃 소식을 재촉하고
아침 바람은 겨울의 끝자락을 붙잡네.
한나절 해 하루하루 길어지니
성급한 뻐꾸기는 뒷산에서 안달하네.

夜雨催花信, 朝風扭晩冬. 야우최화신, 조풍뉴만동.
日陽留漸久, 急鴿啼鷹峰. 일양류점구, 급합제응봉.

〈涵陽門立春〉 함양문의 입춘, 2017. 2. 4. 김범중

앞뜰에 잔설 녹아 땅이 질펀하니
따뜻해진 함양문의 관람객 얼굴 밝네.
동림에 아침 햇살 비추니 산새 지저귀고
서산마루 석양빛 길어 다람쥐 뛰노네.
물 위 한 마리 원앙은 짝 찾아 배회하고
소나무 가지에 돌아온 까치 집수리 바쁘네.
살그머니 온 봄 모두 떠들썩하지만
백발 늘어나는 건 모르네.

路邊雪解地皮溶, 日暖涵陽客面彤. 노변설해지피용, 일난함양객면동.
朝旭東林靑鳥啼, 夕陽西嶙黑鼠慫. 조욱동림청조제, 석양서척흑서종.
一鴛水上探鴦浪, 兩鵲松枝修宅惷. 일원수상탐앙낭, 양작송지수택에.
隱到立春天物好, 不知銀髮自增凶. 은도입춘천물호, 부지은발자증흉.

〈春寒〉 꽃샘추위, 2018. 3. 16. 김범중

옥천교 아래는 빙판 녹아 흐르는데
갑작스러운 찬바람 나뭇가지 흔드네.
갓 돌아난 꽃눈 얼마나 고통스러울까?
봄소식은 누가 보답할 것인가?

脚下氷融淌, 寒風拉杪樛. 각하빙융창, 한풍랍초규.

新芽何刻苦, 春信孰來酬. 신아하각고, 춘신숙래수.

〈驚蟄〉경칩, 2019. 3. 14. 김범중

이미 지나간 줄 알았던 동장군의 위세

차가운 바람에 두 뺨이 떨어져 나가네.

초록빛 새싹이야 한 번 움츠리고 말겠지만

갓 깨어 나온 헐벗은 개구리는 어찌할꼬?

寒冬曾去了, 冷氣兩腮苛. 한동증거료, 냉기양시가.

草綠新芽縮, 驚蛙如之何. 초록신아축, 경와여지하.

〈春愁二題〉춘수 2제, 2017. 4. 4. 김범중

1. 思母(사모)

대궐에 온갖 꽃향기 질어지면

궁녀들도 한 떨기 봄꽃이 되었으리.

홀연히 뒷산 뻐꾸기 절절하게 울 때면

두고 온 어머니 생각 얼마나 간절했을까.

萬香充闕散, 仕女化春花. 만향충궐산, 사녀화춘화.

奄忽杜鵑切, 思親使意嗟. 엄홀두견절, 사친사의차.

* 仕女: 궁녀.

옥천변 홍매화

2. 望友(망우)

계단 아래 피어난 한 떨기 홍매화
관람객 모여들어 넋 놓고 즐기네.
요색 심향에 한잔 술 생각나는데
함께 취할 벗 없으니 이 또한 수심이네.

紅梅滿發玉階緻, 來客過賓雲集嬟. 홍매만발옥계추, 내객과빈운집유.

妖色深香將一盞, 共醺無友又哀愁. 요색심향장일잔, 공훈무우우애수.

　창경궁에는 많은 나무가 숲을 이루고 있어 유서 깊은 전각과 어우러져 궁궐의 가경(佳景)을 더해 준다. 성종께서는 창경궁을 창건한 후 외부에서 잘 보이지 않도록 빨리 자라는 버드나무를 심도록 했다. 동궐도에는 이를 반영하듯 버드나무와 소나무가 담장 곳곳에 보인다. 현재 약 150종 49,000여 그루의 나무가 자라고 있다. 교목(喬木)과 관목(灌木)이 서로 어우러져 교목은 교목끼리 서로 경쟁하고, 관목은 관목대로 상생하며 조화롭게 숲을 이루고 있다. 이 중에는 관상수로서 관람객의 눈을 즐겁게 해 주는 꽃나무와 단풍나무, 궁궐에 약재를 제공하던 약용수, 등유목 등 많은 종류의 나무들이 자라고 있다. 각 나무가 갖고 있는 사연은 궁궐의 아름다움과 함께 계절마다 재미있는 이야깃거리를 제공해 준다. 특히 왕조의 영욕(榮辱)을 함께한 오래된 나무들은 궁궐의 역사를 지켜본 듯하여 나무 밑을 지나칠 때면 숙연해진다. 또한 대온실 우측의 야생화 동산에는 수많은 우리 고유종 꽃들이 자생하고 있어 계절마다 아름다운 꽃이 피어난다.

〈花宮〉꽃 대궐, 2017. 3. 5. 김범중

엄동설한 힘들게 보낸 언덕 위 매화
새봄 맞아 꽃봉오리 터졌네.
산자락엔 진달래 피어나는데
못가의 버들개지는 지고 있네.

산수유 노란 꽃망울 자랑하지만

살구나무는 연분홍 꽃잎 수줍어하네.

시상 찾아 산책하던 시인

꽃 향에 취하여 갑자기 꿈꾸네.

忍雪丘梅樹, 迎春蕾綻隆. 인설구매수, 영춘뢰탄융.

鵑花山麓出, 柳絮水邊窮. 견화산록출, 유서수변궁.

萸自傲黃璊, 杏謙羞粉紅. 유자오황문, 행겸수분홍.

騷人尋想步, 醉馥突然夢. 소인심상보, 취복돌연몽.

옥천변 산수유꽃

산수유는 두 번 감동을 주는 나무다. 이른 봄 노랗게 피어나는 꽃잎은 새봄이
왔음을 알리는 대표적인 봄의 전령사다. 산수유와 생강꽃은 색상과 모양이

비슷해서 혼동을 준다. 그러나 산수유 꽃은 생강나무꽃보다 꽃대가 길고 꽃송이가 작다. 산수유는 가을에 빨갛게 익은 열매가 돋보여 한적하고 추운 궁궐에서 고고한 기품을 자랑한다.

산수유는 예부터 약재 나무로 유명하다. 『세종실록(世宗實錄)』 「지리지(地理志)」에 약재로 기록되고, 『산림경제(山林經濟)』 「치약(治藥)」편, 『동의보감(東醫寶鑑)』 등에도 처방이 제시되기도 한다.

"신라 제48대 임금인 경문왕(景文王)은 귀가 당나귀 귀를 닮았는데 그것을 아는 사람은 오직 모자를 만드는 장인뿐이었다. 그리고 장인이 죽음에 이르게 되어 산속 대나무 숲에 들어가 '임금님 귀는 당나귀 귀다'라고 외치고 얼마 후 죽었다. 그러자 그곳에서 '임금님 귀는 당나귀 귀다'라는 소리가 들리기 시작했다. 사람들이 대나무를 모두 베어 내고 산수유를 심었더니 그 후 그곳에서 '임금님의 귀는 크다'라는 말이 들려왔다는 전설의 나무다."[15]

옛날 중국 사람들은 중양절(重陽節)에 온 가족이 모여 산에 올라 산수유를 머리에 꽂고 국화주를 마시면 액운이 물러나고 무병장수한다고 여겼다. 그리고 부모 형제들은 객지에서 홀로 지내는 외로움과 고향에 대한 그리움을 산수유를 보며 달랬다고 한다. 중국 당나라 시인 왕유의 시를 소개한다.

〈山茱萸〉[16] 산수유, 왕유(王維, 699~759)

홀로 타향 나그네 되어
명절 맞을 때마다 가족 생각 간절하구나.

---

15) 박상진. 『궁궐의 우리 나무』 ㈜눌와. 2014. p. 57. 이하 『궁궐의 우리 나무』라 한다.

16) 孫洙. 『唐詩三百首下』 明文堂. 2014. p. 284.

멀리 형제들 산에 올라가 산수유 꽂을 때
한 사람 모자람을 새삼 느끼겠구나.

獨在異鄕爲異客, 梅峰佳節倍思親. 독재이향위이객, 매봉가절배사친.
遙知兄弟登高處, 偏揷茱有少一人. 요지형제등고처, 편삽수유소일인.

양화당 뒤 언덕에 만개한 진달래꽃

〈杜鵑花〉 진달래꽃, 2016. 3. 20. 김범중

담장 아래 만개한 한 떨기 진달래
빙그레 웃으며 봄이 왔음을 알리네.
긴 겨울 견디며 좋은 세월 기다리다
애절한 두우의 소망 붉게 피어났네.

堵下孤鵑滿, 咳容告慶春. 도하고견만, 해용고경춘.

忍冬須好節, 哀願坼苞彬. 인동수호절, 애원탁포빈.

진달래꽃은 우리 민족의 꽃으로 예부터 임금에서 서민에 이르기까지 변함없이 사랑을 받아온 꽃이다. 봄기운이 완연해지면 화사한 연분홍 꽃이 우리나라 산야를 붉게 물들인다. '참꽃' 또는 두견화(杜鵑花)라고도 불렸다.

"옛 중국 왕실과 관련된 슬픈 전설을 갖고 있는 꽃이다. 중국 촉나라 제후 두우는 다 죽어 가는 사람을 구해서 정승으로 중용했다가 오히려 그에게 나라를 빼앗기고 국외로 추방당했다. 원통함을 참을 수 없어 절치부심했지만 결국 뜻을 이루지 못하고 죽었다. 그 자리에 한 그루 나무가 자라고 한 마리 새가 밤마다 촉(蜀)나라를 날아다니며 목에서 피가 나도록 울었다. 그 피가 나뭇가지를 붉게 물들여 핀 꽃이 두견화(杜鵑花)가 되었다"[17]고 한다. 촉나라로 돌아가고 싶던 새는 밤마다 '귀촉(歸蜀)' '귀촉(歸蜀)'하며 운다고 한다.

통일신라 때의 대문장가이며 학자인 최치원은 진달래를 소재로 못다 이룬 개혁의 꿈을 달랬다.

〈杜鵑花〉 진달래꽃, 최치원(崔致遠, 857~미상)

봄에 돌아온다던 약속으로 산에 가득 피니
해 저물자 두견새 노을 깊이 마시네.
밤새도록 잠 못 이뤄 슬픔에 피 토하는데
천년의 개혁 실패 지금도 더 심해지네.

---

17) 『궁궐의 우리 나무』 p. 247 참고.

春還爲約滿山華, 日暮杜魂深吸霞. 춘환위약만산화, 일모두혼심흡하.
徹夜不成悲吐血, 千年改革落今加. 철야불성비토혈, 천년개혁락금가.

진달래와 구별해야 할 꽃으로 철쭉꽃이 있다. 철쭉꽃은 진달래와 비슷하여 구별하기 어렵다. 철쭉은 꽃잎에 주름이 잡혀 있으며, 짙은 자줏빛의 점이 박혀 있다. 그리고 꽃과 꽃대에 끈적끈적한 점액이 있는 점이 다르다. 이것을 벌 나비를 유혹하기 위한 혼인색이라 하는데 독이 들어 있다. 또한 진달래꽃을 참꽃이라 하고 산철쭉을 개꽃이라 부르는 이유이다.

〈躑躅花〉 철쭉꽃, 2018. 5. 10. 김범중

수줍은 얼굴 푸른 잎 속에 감추고
아름다운 자태 객의 마음 흔드네.
벌 나비 감미로운 꽃잎 탐닉하는데
가슴속에는 은장도를 품었네.

矮面藏靑葉, 嬌姿運客胸. 왜면장청엽, 교자운객흉.
蝴蜂眈蜜瓣, 心裏隱銀鋒. 호봉탐밀판, 심리은은봉.

〈斷壁花〉 벼랑에 피어난 꽃, 2016. 4. 15. 김범중

돌 틈 사이 피어난 한 떨기 꽃송이

활짝 웃으며 나를 반기네.

누가 험지에 심었는지 모르지만

꽃은 자기가 처한 위치를 탓하지 않네.

一花開石隙, 大笑破顏看. 일화개석극, 대소파안간.

不識誰栽苗, 無尤至苦難. 불식수재묘, 무우지고난.

꽃은 인간에게 환희를 안겨 준다. 꽃의 아
름다움을 보며 시름을 달래고, 때로는 희
망을 품기도 한다. 꽃은 색깔이나 구조가
아름답다. 영광이라든가 아름다움의 극치
를 상징한다. 그러나 꽃이 피는 기간이 길
지 못하여 인생의 덧없음에 비유되기도 한
다. 꽃을 보면 사람이 살아가는 한 단면을
보는 것 같아 흥미롭다. 꽃은 식물의 생식기관으로 그 구조는 아래의 꽃받침
에서 자라난 씨방이 있고 씨방에서 암술과 수술이 나오며 외곽에는 꽃잎이
둘러싸여 있다. 꽃잎은 암술과 수술을 보호하고 수정이 잘되도록 화려한 색
상과 향을 내서 벌·나비를 유혹한다. 스스로 자가 수정이 안 되는 꽃은 1처
다부제로 암술 1개에 여러 개의 수술이 어우러져 후손을 번식한다. 한때 일
부 인간세계에 있었던 1부 다처제와는 대조적이다. 또한 수정되어 씨방에 착
상되면 꽃잎은 할 일을 다하여 떨어지고 수술도 차례로 진다. 암술은 착상된
배아가 어느 정도 자라고 잎이 돋아나면 스스로 떨어진다. 즉 잎에서 영양분
이 공급되어 마치 엄마가 아기에 젖을 떼듯이 스스로 성장하게 된다.

〈晚春〉 늦봄, 2018. 5. 23. 김범중

밤비에 시들은 꽃잎 떨어지고
아침 햇살에 춘초 더 푸르네.
후원의 뻐꾸기 짧은 봄을 슬퍼하는데
강남 간 제비는 돌아오지 않네.

夜雨敎花落, 朝陽使草新. 야우교화락, 조양사초신.
園鵑哀寸隙, 南燕曷無臻. 원시애촌극, 남연갈무진.

〈寸光〉 짧은 세월, 2020. 5. 23. 김범중

신록의 궁궐 옷을 아름답게 갈아입으니
회백색 머리 우리도 산뜻하게 옷을 바꿨네.
파란 하늘과 쪽빛 저고리 마음을 물들이는데
이제 여기서 몇 번의 봄이 오고 갈지 모르겠네.

新綠佳宮換服英, 白灰我輩改衫輕. 신록가궁환복영, 백회아배개삼경.
碧天藍襖染心海, 不識幾春可送迎. 벽천남오염심해, 부식기춘가송영.

〈落花〉 낙화, 2019. 5. 20. 김범중

꽃이 만개했다고 기뻐하지 말고
일찍 시들었다고 슬퍼 마라.
피고 지고 만나고 헤어짐은
하늘의 뜻에 따라 돌고 도는 것.

莫喜花開滿, 勿悲虛早頹. 막희화개만, 물비허조퇴.

盛零而會別, 天意有常回. 성영이회별, 천의유상회.

□ 봄물[春水] 가득한 춘당지(春塘池)

춘당지의 봄

　춘당지는 원래 내농포와 백련지가 있던 곳을 1911년 일제가 내농포 자리에 못을 파서 만든 인공 연못이다. 마치 숲속에 숨어 있는 커다란 옹달샘이 하늘을 품고 흐르는 구름을 담고 있는 듯하다. 이곳에 오면 세월이 머무는 듯하다. 물속의 고기들 노는 모습, 수면을 가로지르는 원앙, 싱그러운 산새 소리에 관람객은 저절로 발걸음을 멈춘다. 응봉산 뻐꾸기 소리 은은히 들려오고, 주변의 온갖 꽃이 피어나면 연못가의 가족들도 새로운 삶을 시작한다.

　춘당지는 연못 가운데 커다란 섬을 이루고 있는 춘당지와 소춘당지로 나누어져 있다. 여기서 발원하여 흐르는 옥천은 굽이굽이 숲속을 지나 북행각과 옥천교, 남행각을 거쳐 궐내각사 터로 흘러간다. 마치 늘 맑은 물을 가득 담아 궁궐에 생명수를 공급해 주는 듯하다. 춘당지 아래에는 임금이 농사짓는 모습을 지켜보던 관풍각(觀豐閣)이 있었고, 반대편 상류에는 과거시험을 치르던 춘당대(春塘臺)가 있었다. 소설 춘향전에는 이곳에서 이몽룡이 '춘당춘색 고금동(春塘春色古今同)'이란 시제로 과거에 장원급제했다는 이야기가 전해 온다. 춘당대 남쪽에는 현종이 1670년(현종 11년) 별당으로 지은 것으로 알려진 건극당(建極堂) 자리가 나온다. 동궐도에는 그 부속건물인 신독재(愼獨)만 보인다. 또한 북벌의 뜻을 이루지 못한 효종이 출가한 딸과 사위가 거처할 수 있도록 마련했던 요화당(瑤華堂)이 주변에 있었으나, 지금은 북쪽 못가에 명나라 탑으로 전해지는 팔각칠층석탑(八角七層石塔)만 보일 뿐 숲으로 대체되어 있다.

또한 춘당지 동북 방향에는 인조가 1642년(인조 20년)에 임금의 활쏘기 수련장으로 지은 관덕정(觀德亭)이 있다. 그 좌측에는 일제가 당시 동양 최대의 온실이라고 자랑하며 지은 대온실이 있다. 지금도 약 300여 종의 화초들이 철 따라 꽃을 피우고 있다.

대온실

춘당지의 봄꽃

〈春塘春色〉춘당 춘색, 2019. 3. 21. 김범중

산비둘기 울음소리 춘궐에 요란하고
물가에 원앙새는 짝지어 돌아왔네.
온갖 꽃들 그윽한 그림자 출렁이니
수중엔 한 필의 비단이 펼쳐진 듯.

野鴿穿宮鬧, 池鴛作伴來. 야합천궁뇨, 지앙작반래.

衆花幽影浪, 若緞水中開. 중화유영랑, 약단수중개.

춘당지의 원앙

원앙은 천연기념물로 지정된 오리과 조류다. 수컷은 색상이 화려한 깃털을
자랑한다. 해마다 춘당지가 해빙되면 어떻게 알았는지 가장 먼저 찾아와 관
람객의 시선과 카메라 세례를 한 몸에 받는다.

원앙은 사랑표현이 많은 조류다. 그래서 원앙새라 했고 원앙금침이란 말이
유래된 듯하다. 어느 봄날 강물 위에서 한 쌍의 원앙이 사랑을 속삭이는 모습
을 보고 읊었다는 고려의 문신 몽암 이혼(夢庵 李混)의 시를 소개한다.

〈春日江上卽事〉[18] 봄날 강가의 풍경을 보며, 이혼(李混, 1252 ~1312)

바람 멎고 강물 맑아 작은 배 오르니
원앙새 짝지어 마주 보고 떠 있네.
사랑하여 가까이 가려다 홀연히 날아가 버리고
아름다운 섬 해 저물어 느릿느릿 머리 돌리네.

風定江淸上小舟, 兩兩鴛鴦相對浮. 풍정강청상소주, 양양앙앙상대부.
愛之欲近忽飛去, 芳洲日暮謾回頭. 애지욕근홀비거, 방주일모만회두.

〈秋思〉[19] 가을의 쓸쓸함, 설죽(雪竹)

골짜기 하늘은 물같이 맑고 달빛 푸르스름한데
나뭇잎 바스락거리는 밤엔 찬 서리 내리네.
열두 폭 비단 주렴 속 홀로 자는데
옥병풍이 도리어 그림 원앙 부럽네.

洞天如水月蒼蒼, 樹葉蕭蕭夜有霜. 동천여수월창창, 수엽소소야유상.
十二緗簾人獨宿, 玉屛還羨畫鴛鴦. 십이상렴인독숙, 옥병환선화원앙.

---

18) 『東文選卷之二十』

19) 『芝峯類說』卷十四, 文章部七.

물 위의 오리

〈浮鳧〉물 위의 오리, 2016. 4. 26. 김범중

산새는 지는 꽃을 슬퍼하는데
새잎은 푸르름을 자랑하네.
춘풍이 물결 타고 노니
술동이에 빈 잔이 일렁이는 듯.

野鳥哀花落, 新葉益靑靑. 야조애화락, 신엽익청청.

春風乘綠浪, 一盞泛仙甁. 춘풍승녹랑, 일잔범선령.

꿈꾸는 원앙

〈鴛夢〉 원앙의 꿈, 2018. 4. 5. 김범중

연못가 방초 피어나 우거지니
한 마리 원앙 돌아와 옛 짝 찾아 배회하네.
화려한 머리 오색 깃털 뽐내니
사진 찍던 관람객 모여들어 넋 놓고 바라보네.

池邊芳草滿開昌, 復返孤鴛索配彷. 지변방초만개창, 부반고원색배방.
華頭彩翼驕魅貌, 多賓撮影失魂望. 화두채익교매모, 다빈촬영실혼망.

〈喜消息〉기쁜 소식, 2019. 4. 20. 김범중

온갖 새들 숲속에서 지저귀는데
비둘기 너는 무슨 일로 연못가에 날아왔니?
뒷동산에 아지랑이 피어나면
멀리 계신 어머니 소식 전해 다오.

萬鳥鳴林裏, 山鳩哪事來. 만조명임리, 산구나사래.
靄然開後苑, 遠處母音回. 애연개후원, 원처모음회.

〈瑤華堂址〉요화당 터, 2019. 12. 9. 김범중

영춘헌 우측 숲속의 공터에
공주가 남편과 한때 거처했던 집.
흔적조차 보이지 않고 산새 소리만 요란한데
봄바람은 아버지의 체향을 불러오네.

軒邊林裏有空場, 公主同君住玉堂. 헌변임리유공장, 공주동군주옥당.
無跡而今山鳥吵, 春風喚起父濃香. 무적이금산조초, 춘풍환기부농향.

통화전의 서쪽에는 요화당·난향각·계월합·취요헌 등 전각이 있었다. 건물의 위치는 춘당대 남쪽의 평탄한 곳으로, 현재 춘당지 하류 좌측으로 짐작된다. 1909년 양화당 뒤 언덕 위에 이왕가 박물관이 들어서면서 동쪽 일대에 있었던 건물들을 모두 철거했다. 그때 요화당도 함께 사라지고, 지금은 수목이 우거져 있다. 숙종이 요양차 기거했던 요화당에서 옛일을 생각하며 지은 시가 전해진다.

〈瑤華堂詩〉[20] 요화당시, 숙종(1662~1720)

앉아서 옛날의 현포문 바라보노라니
홀연히 난새 봉황이 아름다운 난간에 있네.
식구들에 대한 특별한 예우 오랜 세월 이어 가니
이 모든 것이 선왕의 세상에 없는 은혜로다.

坐看昔時玄圃門, 忽思鸞鳳處瓊軒. 좌간석시현포문, 홀사난봉처경헌.
家人殊禮超千古, 摠是先王不世恩. 가인수례초천고, 총시선왕불세은.

□ 꽃 대궐에 들어서다

창경궁의 정문 홍화문

홍화문(弘化門)은 창경궁의 정문(正門)으로 추녀가 날렵한 2층 누각의 우진각지붕[21]으로 건축되었다. 임진왜란 시 전소된 후 1616년(광해군 8년)에 복원된 모습 그대로 유지되고 있다. 서울에 있는 궁궐의 정문은 각각 다른 형태를 갖고 있다. 경복궁의 정문인 광화문(光化門)은 세 칸의 출입문과 중층의 누각을 세워 궁성(宮城)의 형태를 갖추었다. 창덕궁의 돈화문(敦化門)은 건물 정면이 다섯 칸이면서 출입문을 세 칸으로 하여 웅장한 모습을 보이고 있다. 홍화문은 광화문이나 돈화문보다 규모는 작지

---

21) 지붕면이 사방으로 경사진 지붕형식으로, 정면에서 보면 사다리꼴 측면에서는 삼각형으로 되어 있다. 남대문 창덕궁의 돈화문, 덕수궁 대한문, 등 궁궐의 정문이나 문루 등에 많이 보이는 지붕형식이다.

만 중층 지붕을 갖추어 높은 격식을 유지했으며, 좌우에 한 쌍의 십자각을 세워 궐(闕)이라는 대문형식을 갖추었다.

홍화문은 명정전 명정문과 함께 동향으로 입향했다. 앞으로는 옛 함춘원(含春苑)을 바라보고, 뒤로는 옥천교와 전문인 명정문이 조정(朝庭) 사이에 있으며 옥천이 우에서 좌로 흐른다. 옥천교 건너에는 남북 행랑(行廊)으로 둘러싸인 아담한 마당이 보인다. 북행랑에는 광덕문(光德門)·숭지문(崇智門)이라는 두 개의 출입문이 있어 이 문을 통하여 북쪽으로 출입했다. 왕실의 국장 시 재궁(梓宮)을 내가거나 발인 후 신주를 혼전(魂殿)에 모시는 과정에서 주로 홍화문을 사용했다고 한다. 궁궐의 정문 이름에 공통적으로 화(化) 자가 있는데 이것은 백성을 교화하여 감화한다는 의미라고 한다.

홍화(弘化)는 조화를 넓힌다는 뜻이다. 『서경(書經)』「주서(周書·주관(周官)」의 "공의 다음이 되어 조화를 넓혀[弘化] 천지를 공경하여 밝혀서 나 한 사람을 보필 한다."에서 유래하였다. 송대의 유학자 채침은 이에 대한 주석에서 "홍(弘)은 넓혀서 키움[張而大之]이라고 하였고, 화(化)는 천지의 운용이니 운행하되 흔적이 없는 것이다[化者,天地之用, 運而無迹者也].".라고 풀이했다. 여기서 응용되어 '덕화(德化)를 널리 떨친다'는 뜻으로도 쓰인다.[22]

홍화문 주변은 봄이 되면 화사하게 꽃이 만발한 옥천과 옥천교를 배경으로 하고 있어, 가히 꽃 대궐의 중심이라 할 수 있다. 이른 봄꽃이 피기

---

22) 문화재청. 『궁궐의 현판과 주련 2』. 수류산방. 2007. p. 276. 이하 『궁궐의 현판과 주련 2』라 한다.

전부터 가벼운 옷차림의 상춘객이 가장 먼저 들어오는 곳이 홍화문이므로 창경궁의 봄도 이곳을 통하여 온다고 해도 과언이 아니다.

〈弘化門〉 홍화문, 2015. 3. 2. 김범중

추녀의 사각 모서리 날렵하고
오색 빛 천정 화려하네.
백성 교화 위해 크게 지은 뜻
백성은 스스로 자랑한다네.

金檐四角快, 五色頂棚華. 금첨사각쾌, 오색정붕화.
敎化高樓意, 萬民自己誇. 교화고루의, 만민자기과.

홍화문 추녀

〈門檐〉 홍화문 추녀, 2019. 6. 1. 김범중

함춘원을 향한 높고 날렵한 처마
화려한 단청 왕조의 전성기를 알리네.
군왕의 어가 행렬은 보이지 않고
참새들만 온종일 들보를 넘나드네.

金檐向苑細高嵯, 五色丹靑示好期. 금첨향원세고차, 오색단청시호기.
起駕君王今不見, 整天瓦雀轉梁僖. 기마군왕금불견, 정천와작전양희.

홍화문 앞 넓은 마당은 무과의 과거시험 보는 장소로 활용되었으며 백성과 소통하는 광장(廣場) 역할을 했다. 영조는 홍화문에 올라 사민 구휼 즉 고아, 홀아비, 과부 등 가난한 사람에게 쌀을 나누어 주기도 하였으며, 균역법(均役法)을 실시하기 전에 이곳에서 백성들을 만나 직접 의견을 들어 본 후 법을 시행하였다고 한다.

균역법은 조선 시대 군역의 부담을 경감하기 위하여 만든 세법이다. 영조 26년 종래 인정(人丁)단위로 2필씩 징수하던 군포(軍布)가 여러 폐단을 일으키고 농민 경제를 크게 위협하는 지경에 이르자, 2필을 1필로 경감하고, 균역청을 설치하여 감포(減布)에 따른 부족 재원을 보충하는 대책을 마련하게 하였다. 이를 뒷받침하기 위해 어전세·염세·선세 등을 균역청에서 관장하여 보충하는 내용의 균역법이 제정되어 1751년 9월에 공포되었다.

정조는 어머니 혜경궁 홍씨의 회갑을 기념하여 홍화문 앞에서 굶주린 백성들에게 쌀을 내주었다. 그때의 일을 '홍화문사미도(弘化門賜米圖)'라는 제목으로 목판에 새겨 널리 알렸는데 「원행을묘정리의궤(園幸乙卯整理儀軌)」[23]에 수록되어 지금도 전해진다. 1645년(인조 23년) 청나라에서 8년간 인질 생활을 마치고 돌아온 소현세자가 이곳을 통해 들어올 때 수많은 백성들이 길가에 운집하여 환영하였다고 한다.

따뜻한 봄날 저녁 무렵 홍화문을 나서며, 봄의 정취를 느끼며 지은 숙종의 어제 시가 궁궐지에 전한다.

〈出弘化門卽事〉[24] 홍화문을 나서자, 숙종(1661~1720)

가마가 궁문을 나서니 날은 저문데
향 연기 피어올라 아지랑이에 머물렀구나.
탁 트인 거리에 남녀들 대나무숲처럼 많은데
이따금 봄바람 얼굴 스치며 불어오누나.

輦出宮門化日遲, 香烟一縷住遊絲. 연출궁문화일지, 향연일루주류사.
宇街士女多如簇, 陣陣春風拂面吹. 우가사녀다여족, 진진춘풍불면취.

---

23) 정조의 어머니인 혜경궁 홍씨의 회갑연을 기록한 책. 『두산백과』
24) 『궁궐지 2』. p. 12, p. 79.

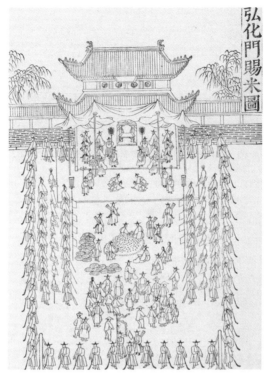

〈홍화문사미도〉(출처: 원행을묘정리의궤)

〈朝開弘化〉 아침에 홍화문을 열며, 2017. 1. 5. 김범중

동루 고각 하늘 향해 드높고

초석 위의 원형 기둥 보를 받쳐 든든하네.

도리를 보호하는 익공 새처럼 예쁘고

천장을 수놓은 연꽃 붉게 피어 아름답네.

서리 내린 기와에 아침 햇살 반짝이니

추녀의 참새들 눈 비비며 일어나네.

영 · 정조 때 임금과 백성이 소통하던 문

백성 사랑하는 성군의 마음 시대 초월하여 통하네.

東樓危閣向天中, 定石圓杆撜脊衷. 동루위각향천중, 정석원간전척충.

保欄翼工如鳥巧, 繡棚花片似蓮紅. 보려익공여조교, 수붕화편사연홍.

曉霜冷瓦回光閃, 朝雀溫窠開目瞳. 효상냉와회광섬, 조작온과개목동.

兩祖君民相對面, 召公善政越時通. 양조군민상대면, 소공선정월시통.

* 소공(召公)은 중국 고대 연나라 시조로 팥배나무 밑에서 백성의 송사를 해결해 주는 등 선정을 베풀어 후대 왕조로부터 추앙을 받아 온 인물로 감당지애(甘棠之愛)란 사자성어를 남겼다.

⟨門雀⟩ 홍화문 참새들, 2020. 3. 24. 김범중

산비둘기 잔설을 노래하니

궁궐에 매화 산수유 꽃 막 피어나네.

따뜻한 둥지에서 겨울 지낸 참새들

봄 마중을 나갈 듯 말 듯.

山鳩弄雪吵, 梅茱正開中. 산구농설초, 매수정개중.

寒雀留窩暖, 迎春或守宮. 한작유와난, 영춘혹수궁.

□ 무릉(武陵)은 어디인가?

옥천교를 뒤덮은 봄꽃

정문인 홍화문을 들어서면 안쪽 명당수가 흐르는 어구(御溝) 위에 보이는 돌다리가 옥천교(玉川橋)이다. 창경궁이 창건될 때 세워졌을 것으로 추측된다. 옥천교는 창경궁의 구축물 중 가장 오래되었으며, 서울 궁궐의 금천교(禁川橋) 중 가장 먼저 보물로 지정되었다. 금천교는 궁궐이나 왕릉 등에 있는 어구(御溝) 위에 놓인 다리이다. 경복궁의 금천교를 영제교(永濟橋), 창덕궁의 금천교를 금천교(錦川橋), 창경궁의 금천교를 옥천교(玉川橋)라 한다. 금천교는 임금의 영역과 백성의 영역을 구분하고, 세속의 더러운 마음을 다리 아래 흐르는 물에 깨끗이 씻고 궁궐로 들어오라는 의미가 담겨 있다.

옥천교는 교각과 상판을 돌로 만들어서 천년이 지나도 흔들림 없이 튼튼하게 하였다. 난간에는 네 마리의 서수(瑞獸)가 지키고 있고, 교각 아래

홍예(虹蜺)는 마치 좌우 두 마리 용이 등을 구부려 무거운 상판의 하중을 서로 지탱하고 있는 모습을 하고 있다.

또한 교각 중앙에는 험상궂은 두 귀면(鬼面)이 항시 두 눈을 부릅뜨고 있어 어떠한 사악한 무리도 감히 이 다리를 건너지 못했을 것이다. 해마다 봄이 오면 옥천교를 중심으로 좌우에 갖가지 꽃이 피어나 관람객을 맞이한다. 겨울 내내 잔뜩 찌푸린 귀면(鬼面)도 봄이 되면 꽃향기에 취해 주름을 펴는 듯하다. 교각 위 서수도 얼어붙었던 허리를 편다.

매화 만발한 옥천교

〈玉川橋春〉옥천교의 봄, 2017. 4. 14. 김범중

꽃향기 교각에 가득히 스며들고
맑은 물 옥천 따라 졸졸 흐르네.
산새들 앞다투어 지저귀며 날아드니

봄에 취한 귀면도 주름을 펴네.

花香浸脚滿, 淸水轉川流. 화향침각만, 청수전천류.
野鳥爭鳴舞, 醉鬼展皺柔. 야조쟁명무, 취귀전추유.

〈過玉川橋〉 옥천교를 건너며, 2016. 1. 11. 김범중

군신을 연결하던 다리
돌로 만들어 오늘까지 완전하네.
네 기둥은 난간을 버텨 줘 견고하고
두 개의 홍예 상판 떠받쳐 안전하네.
다리 아래 귀면은 잡귀를 몰아내고
난간 위 서수(瑞獸)는 백관을 보호했으리.
민주주의가 정치를 바꾸어 대궐이 비니
백성들 발걸음은 오히려 활기차네.

橋連臣與主, 崗石至今完. 교연신여주, 강석지금완.
四柱撑軒固, 虹霓架板安. 사주탱헌고, 홍예가판안.
兇面驅千鬼, 瑞身保百官. 흉면구천귀, 서신보백관.
西風空大闕, 萬民步步歡. 서풍공대궐, 만민보보환.

* 흉면(兇面)은 鬼面을, 瑞身은 瑞獸를 평측에 맞게 표기한 것으로 鬼面과 瑞獸는 궁궐을

사귀(邪鬼)로부터 보호하여 궁궐 전체를 상서로운 분위기로 유지하는 기능을 하는 벽사(辟邪)의 시설이다.

옥천교(玉川橋) 밑에는 춘당지에서 발원한 실개천이 흐르는데 국내 궁궐의 금천(禁川) 중 유일하게 자연수가 흐른다. 구불구불 마치 승천을 목전에 둔 와룡이 마지막으로 심호흡하며 용트림하는 듯 흐른다.

동궐도에는 옥천교에서 춘당지에 이르는 부근에 많은 전각(殿閣)과 문이 있으나 지금은 숲이 울창하게 우거져 있다. 특히 왕실의 애사 시 혼전(魂殿)으로 사용되었던 통화전(通和殿)이 있었는데, 정조의 모친 혜경궁 홍씨와 왕비 효의왕후(孝懿王后)의 혼전으로 사용되었다고 한다.

옥천교에서 춘당지에 이르는 관람로는 늘 관람객으로 붐빈다. 관람로와 나란한 옥천변에는 너구리·청설모 등 각종 동물이 생활하고 수많은 종류의 식물이 자란다, 철 따라 아름다운 꽃과 단풍이 화려하게 어우러져 한 폭의 비단을 풀어헤친 듯하다.

〈李花〉 오얏나무꽃, 2016. 4. 6. 김범중

옥천변 한 그루 오얏나무
매화와 더불어 가장 아름답네.
한때 조정의 버림을 받았지만
이 왕조를 상징하는 꽃 되었네.

李樹倚川畔, 同梅最秀芳. 이수의천반, 동매최수방.

高麗終拔廢, 表象李家王. 고려종발폐, 표상이가왕.

오얏나무꽃은 매화와 더불어 『시경(詩經)』에서도 알아줄 정도로 아름다운 꽃이다. 옛 문헌에 복숭아·오얏·살구·밤·대추 등 다섯 가지 과일이 기록된 것으로 보아, 오얏나무가 삼국시대 이전에 우리나라에 들어온 것으로 보인다. 그러나 오얏나무는 한때 조정에서 천대받은 아픔을 지닌 나무이다. "신라 말 도선국사(道詵國師)가 지은 『도선비기(道先秘記)』에 500년 후에 오얏[李], 즉 이씨 성을 가진 자가 왕이 된다고 하여, 도참설이 유행하면서 고려 말 조정은 서울 번동 일대에 벌리사라는 관리를 파견하여 무성하던 자두나무를 베어 버렸다. 그래서 마을 이름을 벌리라고 하다가 지금의 번동이 되었다고 한다. 그러나 조선왕조에서 특별히 인정받지 못했으나 대한제국(大韓帝國) 때 오얏꽃을 왕실의 문장(紋章)으로 사용하게 되었다. 1884년에 발행된 우리나라 최초의 우표에 오얏꽃 문양을 사용했다. 또한 창덕궁 인정전의 용마루와 덕수궁 석조전의 삼각형 박공 등에도 오얏꽃 문양이 새겨져 있다."[25]

〈桃花〉 복사꽃, 2019. 4. 19. 김범중

옥천변 복사꽃 요염하니
관람객 앞다투어 보러 오네.
산비둘기도 부러워하는데
갑작스런 질풍에 높은 가지 부러지네.

---

25) 『궁궐의 우리 나무』 p. 293 참고.

川畔桃花艶, 春賓角逐來. 천반도화염, 춘빈각축래.

山鳩斜視羨, 上朶疾風摧. 산구사시선, 상타질풍최.

복사꽃은 예로부터 이상향·장수·벽사를 상징하는 나무로 알려졌다. 중국 고대 시인 도원명이 지은 「도화원기(桃花源記)」의 무릉도원은 복사꽃이 만발한 평화로운 마을 이야기이다. 세종 29년 안평대군은 꿈속에서 박팽년과 함께 본 복숭아꽃이 만발한 숲의 경치를 안견에게 그리도록 하여 완성한 것이 「몽유도원도(夢遊桃源圖)」이다.

중국의 당나라 승려 현장(玄奘)이 지은 소설 『서유기(西遊記)』에서 손오공은 서왕모가 주인인 천상의 복숭아 과수원 관리인이었는데 복숭아를 먹고 저팔계, 사오정과 함께 천축국(天竺國)으로 갔다고 한다. 한무제 때 동방삭은 서왕모의 천도복숭아를 훔쳐 먹고 삼천갑자를 살았다고 한다.

조선 초기 문신 성현(成俔)이 지은 『용재총화(慵齋叢話)』에 "동쪽으로 뻗은 복사나무 가지로 만든 빗자루로 마당을 쓸면 액을 막고 귀신이 들어오지 않는다"는 기록이 있다. 무당은 굿을 할 때 복사나무 가지로 악귀를 때려 내쫓는다고 한다. 세종대왕은 어머니가 위독해지자 직접 복사나무 가지를 잡고 지성으로 기도했다는 기록이 있다.

옥천변 매화

〈梅花〉옥천변 매화꽃, 2019. 3. 6. 김범중

아침 냉기 옷 속으로 스미는데
어느덧 연두색 나무 끝 내미네.
그윽한 향기 대궐을 맴도는데
봄은 이미 무지개다리 건너왔네.

冷氣侵襟袂, 隱然出綠梢. 냉기침금메, 은연출녹초.
暗香廻大闕, 佳節跨虹橋. 암향회대궐, 가절과홍교.

매화는 품격 높은 동양의 꽃이며 양반사회를 대표하는 꽃으로 알려졌다. 예부터 사군자(四君子) 및 세한삼우(歲寒三友)의 하나로 시화(詩畵)의 소재가 되었다. 조선 중기의 문인 신흠(申欽)이 쓴 싯귀 '매화는 일생 추워도 향기를 팔지 않고, 오동은 천년을 늙어도 가락을 잃지 않는다'에서 보듯이 매화는 청빈하고 지조와 절개의 표상으로 여겨졌다. 아치고절(雅致高節)이란 성어도 이러한 의미로 유래된 듯하다. 매화의 꽃말은 고결(高潔)·지조(志操)·인고(忍苦)이다. 매화가 삼국시대 이전부터 우리나라에 자생했다고 하며, 매화 문화가 꽃피기 시작한 것은 조선 시대부터라고 한다. 태종이 특히 매화를 좋아했으며, 퇴계 이황이 각별히 사랑했던 꽃이다. 매화에 관한 시 91수를 모아 『매화시첩(梅花詩妾)』이란 시집을 냈고 매화를 매형(梅兄), 매군(梅君)으로 불렀다고 한다.

〈梅窓〉[26] 매화 핀 창가에서, 이황(李滉, 1501~1570)

누런 옛 책 속에서 성현을 만나고
밝고 빈 방 안에 초연히 앉아 있네.
매화 핀 창가에서 봄소식을 또 보게 되었으니
거문고 앞에서 줄 끊겼다 한탄 마라.

黃卷中間對聖賢, 虛明一室坐超然. 황권중간대성현, 허명일실좌초연.
梅窓又見春消息, 莫向瑤琴嘆絕絃. 매창우견춘소식, 막향요금탄절현.

"매(梅) 자에 어미 모(母) 자가 있는 것은 임신한 여자가 신맛 나는 음식을 좋아하여 신맛 나는 매실은 엄마가 되는 것을 상징한다고 한다."[27] 또한 중국 명대(明代)의 소설가 나관중이 지은 『삼국지연의(三國志演義)』에서 조조는 안휘성 전투에서 갈증에 지친 군사들에게 '고개 너머 매실밭이 있으니 빨리 가서 매실을 따먹고 쉬었다 가자'라고 하자 갈증에 지쳤던 군사들의 입에 침이 고여 해갈되었다고 한다. 이것이 사자성어 망매해갈(望梅解渴), 매림지갈(梅林之渴)의 기원이라 한다.

---

26) 『退溪先生文集 卷之二』

27) 김규석 외. 『감동이 있는 나무 이야기』. 한국숲해설가협회. 2017. p. 265. 이하 『감동이 있는 나무 이야기』라 한다.

옥천변 살구꽃

〈杏花〉 옥천변 살구꽃, 2019. 4. 8. 김범중

물가의 한 그루 살구나무
연분홍 꽃잎 관람객 유혹하네.
물에 비친 그림자 흔들리는데
고향 밭둑에도 살구꽃 만발하겠지.

水邊留一杏, 紅瓣感來賓. 수변류일행, 홍판혹내빈.
影子花枝遽, 田塍現大蓁. 영자화지운, 전승현대진.

'살구가 많이 열리는 해에는 병충해가 적고, 살구가 많이 달리는 마을은 염병
도 비켜 간다'라는 말이 있듯이 살구나무는 예부터 약용식물로 알려졌다. 실

제로 중국 명나라 이시진(李時珍)이 지은 『본초강목(本草綱目)』에는 살구를 활용한 200여 종의 처방이 있다고 한다.

중국 오나라 명의 동봉은 환자를 치료해 주고 치료비 대신 살구나무를 심도록 해서 숲을 만들었는데 이 숲을 동선행림(董仙杏林)이라 불렀다. 그는 여기서 나오는 열매를 곡식과 교환해 빈민을 구제했다고 한다. 그 후 행림은 진정한 의술을 펴는 의원을 가리키는 말이 되었다.

중종이 승하한 곳이 창경궁의 환경전인데 뒤편에 고령의 살구나무가 자라고 있다. 당시 의녀였던 대장금은 중종(中宗)의 어의로 살구를 약으로 사용했음을 암시한다.

〈甘雨〉[28] 봄비, 허난설헌(許蘭雪軒, 1563~1589)

봄비 서쪽 연못에 내리는데
찬바람 장막 속으로 스며드네.
시름에 작은 병풍 기대고 서 있는데
담장 위에 살구꽃이 떨어지누나.

春雨暗西池, 輕寒襲羅幕. 춘우암서지, 경한습라막.
愁倚小屛風, 墻頭杏花落. 수의소병풍, 장두행화락.

〈麗江못英〉 쉬나무, 2018. 10. 10. 김범중

한여름 노란 꽃에 벌 나비 모여들더니

---

28) 『蘭雪軒詩集』

늦가을 열매 맺어 기름 덩어리 되었네.

사시사철 꺼지지 않고 어두운 전각 밝혀

등불 하나하나 우리 임금 지켰으리.

盛夏開花招蝶蜂, 晩秋結果蓄油濃. 성하개화초접봉, 만추결과축유농.

四時不盡明宮亮, 一燭一燈守大龍. 사시부진명궁량, 일촉일등수대룡.

석유가 없던 시절에 궁궐은 어떻게 밤을 밝혔을까? 쉬나무는 궁궐의 어두운 밤을 밝히는 등유목(燈油木)으로 알려졌다. 들깨·유채·아주까리 등에서 기름을 채취하여 활용하였으나 쉬나무와 개옻나무 열매 기름이 그을음이 덜 나고 불빛이 맑고 밝았다고 한다. 세종대왕은 개옻나무 기름으로 불을 밝혀 공부했다고 한다. 쉬나무는 관솔(松炬)·싸리나무(杻炬)와 더불어 햇불의 재료로도 쓰였다.

옥천변의 회화나무와 느티나무가 어우러진 모습

〈連理木〉연리목, 2016. 9. 9. 김범중

회화나무와 느티나무 이어져 한 몸처럼 되어
고락을 같이하며 백년 이웃 되었네.
혹시 비바람에 떨어질세라 꼭 껴안은 모습
세자와 세자빈 영원히 사랑하네.

槐欅相連若一身, 雪霜苦樂百年隣. 괴거상련약일신, 설상고락백년린.
或如分手強摟抱, 世子世嬪永遠親. 혹여분수강루포, 세자세빈영원친.

〈桑〉뽕나무, 2020. 9. 김범중

옥천변 거대한 뽕나무 한 그루
껍질과 열매 약재 되어 사람 목숨 살렸네.
누에는 명주실 뽑아 옷을 만들고
동서의 문물 통문에 이르게 했다네.

巨枝靈木有川邊, 殼果藥材連命根. 거지령목유천변, 각과약재연명근.
蠶拔素絲供雅服, 東西文物致通門. 잠발소사공아복, 동서문물치통문.

우리나라에서 양잠이 시작된 것은 삼한 시대 이전부터라고 한다. 또한 고구
려 동명왕, 백제 온조왕 등이 농상을 권장했다는 기록이 있다. 조선 시대에

들어와서 태종이 양잠을 권장했고, 세종대왕은 왕비의 친잠례를 권장했으며 전국 각도마다 잠실(蠶室)을 설치하도록 했다. 중종은 1506년(중종 원년) 양잠을 보다 효율적으로 관리하기 위해 잠실을 서울 근처로 옮기도록 했다. 그 장소가 오늘날 서울시 서초구 잠원동 일대다. 뽕나무는 누에고치를 만들어 비단의 재료가 되었을 뿐 아니라 비단길을 개척하여 동서 간 문물교역에 이바지한 바가 크다.

조선 후기 문신 송시열의 문집 『송자대전(宋子大全)』에 '신상구(愼桑龜)'라는 중국 오나라 때의 고사가 실려 있다. 옛날 한 효자가 아버지의 병을 고치고자 강에 나가 천년 묵은 커다란 거북을 잡아 집으로 돌아가고 있었다. 거북이 너무 무거워 뽕나무 아래서 지게를 받치고 잠시 쉬려 하자 거북이 말했다. "여보게 효자! 나를 솥에 넣어 백 년을 고아 보게나, 나는 결코 죽지 않을 테니 헛수고라네"라고 했다. 그러자 옆의 큰 뽕나무가 "무슨 소리! 나를 베어 불을 때 어보게, 고아지는지 어떤지"라고 뽐냈다. 이 말을 들은 효자는 그 뽕나무를 잘라서 거북을 고아 아버지의 병을 낫게 했다고 한다. '신상구(愼桑龜)'라는 용어는 쓸데없는 말을 조심하라는 뜻으로 충고할 때 쓰는 관용구이다.

〈通和殿址〉 통화전 터, 2019. 12. 10. 김범중

우거진 숲속 그윽한 곳에 있던 영당
흔적은 없고 새소리 바람 소리 청량하네.
만일 혼령이 지금도 이곳에 머물러 계신다면
나라의 번창과 백성의 안강을 간구 하나이다.

林中幽處有靈堂, 無跡鳥聲同颯涼. 임중유처유영당, 무적조성동삽량.
假若先魂還是隱, 懇祈國泰庶安康. 가약선혼환시은, 간기국태서안강.

□ 꽃다발을 안은 명정문

창경궁의 전문 명정문

옥천교를 건너 박석이 놓인 삼도로 이어진 작은 마당을 지나면 아담한 명정문(明政門)에 이른다. 창경궁의 전문(殿門)으로 봄이 되면 꽃향기를 어느 전각보다 많이 맡는 특권을 누린다. 명정문은 명정전과 함께 광해군 대에 중건된 모습 그대로 남아 있어 서울의 5대 궁궐 중 역사가 가장 오래된 전문(殿門)이다. 정면 세 칸, 측면 두 칸의 단층 지붕에 다포식공포가 짜여 있다.

일반적으로 궁궐은 삼문삼조(三門三朝)의 원칙에 따라 정문에서 정전에 이르기까지 세 개의 문이 설치되어 있다. 그러나 창경궁은 홍화문과 명정문 두 개의 문이 구축되었으며 정전과 함께 동쪽으로 입향한 것이 특징이다. 이는 정문으로부터 정전인 명정전에 이르기까지 거리가 짧고 정궁이 아닌 창덕궁의 보조궁궐 역할을 하는 생활공간으로 지었기 때문인 듯하다. 창덕궁은 정문을 들어서서 정전으로 가기까지 두 개의 문을 거치는데 첫째는 대문이라고 하는 진선문(進善門)이고, 다음으로 인정전으로 바로 들어가는 전문인 인정문(仁政門)이 있다. 경복궁은 홍례문(興禮門)과 근정문(勤政門)이 각각 대문과 전문의 역할을 하고 있어 창경궁보다 규모가 크고 궁궐로서 위용을 갖추고 있다.

왕이 정전에서 즉위하면 그 즉위식을 전문에서 하게 되는데 "명정전에서 즉위한 왕은 12대 인종(仁宗)이 유일"[29]하므로 명정문에서 왕의 즉위식을 거행한 경우도 인종 외에는 없었다.

전문에서 국왕이 신하들로부터 5일마다 간략한 하례를 받는 조참(朝參) 의식이 있는데, 영조는 창경궁에서 자주 행사를 치르면서 명정문 조참도 몇 차례 거행하였다고 한다.

명정문 좌우로 남북 행랑이 호위하듯 둘러 있고 옥천이 옥천교를 중심으로 북에서 남으로 흐른다. 해마다 봄이 되면 좌우로 둘러쳐 있는 행랑(行廊)은 만발한 꽃송이를 한 아름 안고 홍화문으로 들어오는 손님을 맞이하는 듯하다.

〈人明政門〉 명정문을 들어서며, 2017. 1. 20. 김범중

옥천교 건너 돌계단 위 아담한 건물

---

29) 역사건축기술연구소. 『우리 궁궐을 아는 사전』. 돌베개. 2015. p. 322. 이하 『우리 궁궐을 아는 사전』이라 한다.

좌우의 행랑 꽃송이 안은 듯 아름답네.

남북으로 흐르는 옥천 숲속을 지나는데

앞뒤로 뚫린 삼도는 하늘 끝에 이르렀네.

용마루 잡상 잡귀 막는데 최선을 다하고

문 앞의 문지기는 사람 지키기를 다했으리.

한 조각 상서로운 구름 지붕을 드리우니

백성의 안녕과 국가의 부흥이 일어날 듯.

跨橋陛上有佳宮, 左右行廊抱朶紅. 과교폐상유가궁, 좌우행랑포타홍.

南北玉川流林裏, 東西金道到天窮. 남북옥천류임리, 동서금도도천궁.

黑甍瓦獸除魔盡, 灰砌門人守客功. 흑맹와수제마진, 회체문인수객공.

一片祥雲裝屋頂, 民安國泰若興隆. 일편상운장옥정, 민안국태약흥륭.

명정문 귀마루의 잡상

〈明政門雜像〉 명정문 용마루 잡상, 2019. 10. 1. 김범중

용마루 모서리에 앉아 있는 잡상
변함없이 누각을 주시하네.
눈비 고충 아는 까마귀 까치
친구삼아 용두에 내려와 앉았네.

七像蹲檐荐, 如如注視樓. 칠상준첨척, 여여주시루.
鵲烏知雨雪, 結友坐龍頭. 작오지우설, 결우좌용두.

잡상(雜像)은 지붕의 내림마루와 귀마루 위에 여러 가지 모양의 조상(彫像)을 한 줄로 배치한다. 건물을 수호하고 마루를 장식하기 위해 사용되었다. 잡상은 중국 명나라의 영향을 받아 조선 시대부터 설치되었는데 대부분 궁전이나 관아 등 큰 건물에 사용되었다. 대개 맞배지붕이나 우진각지붕인 경우는 내림마루에, 팔작지붕인 경우는 추녀마루에 세운다. 용두(龍頭)와 함께 건물의 규모에 따라 3, 5, 7, 9, 11의 홀수로 배치한다. 잡상은 진흙을 재료로 하여 구워서 만드는데 신선·법승·기인·괴수 등 이채롭다. 경복궁의 경회루(慶會樓)에는 11쌍의 잡상이 배치되어 있다.

1920년경에 그린 『상와도(像瓦圖)』라는 옛 책에는 잡상의 명칭이 마루 끝에서부터 대당사부·손행자·저팔계·사화상·이귀박·이구룡·마화상·천산갑·삼살보상·나토두 등으로 기록되어 있다.[30]

---

30) 『한국민족문화대백과』

☐ 환경전에 진 한 떨기 꽃송이

소현세자의 비극이 서려 있는 환경전

기쁨과 경사가 충만하기를 바라는 의미의 환경전(歡慶殿)은 정전인 명
정전의 북쪽으로 경춘전에 인접해 있다. 안순왕후(安順王后)의 거처로 지
은 것으로 추측되나 주로 임금의 침전(寢殿)으로 사용되었다. 전각의 이
름과 달리 궁궐의 애사(哀事)를 치른 사례가 많았다. 중종이 말년에 이곳
에서 승하했다. 의녀 대장금이 중종을 간호했다는 이야기가 전해진다. 효
명세자(孝明世子)가 대리청정 중 사망하여 그 재궁(梓宮)을 모시던 중 화
재가 발생한 곳이다. 건물은 약 4년이 지난 1834년(순조 34년)에 재건되
었으며 그때의 건물이 지금까지 남아 있다.

환경(歡慶)은 '기쁘고 경사스럽다.'는 뜻이다. '기뻐하고 경하(慶賀)한다'는 풀이도 가능하다. 『시경(詩經)』「소아(小雅)·초자(楚茨)」편의 "너의 안주를 이미 올리니 원망하는 사람 없이 모두가 경하하니"라는 구절의 주석에 "너의 안주를 이미 올려 잔치에 참여한 사람들이 원망하는 이가 없어서 모두 기뻐하고 경하하며[歡慶] 취하고 배불러"라고 한 용례가 보인다.[31]

환경전의 전면에는 영조가 인원왕후(仁元王后) 국장 시 거려청(居廬廳)[32]으로 사용했던 공묵합(恭默閤)이라는 행각이 있었다. 그 주변에는 담장이 둘러 처져 있었지만 지금은 환경전 본체만 덩그러니 남아 있다. 소현세자(昭顯世子)는 아버지 인조가 삼전도에서 항복한 후 동생 봉림대군(鳳林大君)과 함께 청나라에서 8년간의 인질 생활을 마치고 1645년(인조 23년)에 귀국했다. 그러나 귀국 후 얼마 지나지 않아 뜻밖의 질병으로 이곳에서 사망했다.

〈歡慶殿夏夜〉 **환경전의 밤**, 2017. 8. 12. 김범중

황혼빛에 환경전 처마 아름답고
청사초롱 불빛에 문설주 그윽하네.
돌아온 님 한때 큰 뜻 키우던 곳

---

31) 『궁궐의 현판과 주련 2』 p. 298.

32) 조선시대 국상기간 중 왕이 장례를 거행하기 위해 빈전 주변에 마련한 1칸의 여차(廬次).

밤벌레 소리에 달빛도 기우네.

暮色房檐秀, 紅籠玉根朧. 모색방첨수, 홍농옥정롱.

還君秋大意, 蟲響月光窮. 환군앙대의, 충향월광궁.

〈昭顯世子夢〉 소현세자의 꿈, 2017. 3. 16. 김범중

삼전도 항복 후 온 나라 고난기로 접어들어

죄 없이 인질 되어 청국에 갔다네.

만난을 견디며 대인 교류 넓히고

힘들게 시야 넓혀 신지식 얻었네.

백성들 환영하며 성군 되길 바랐으나

제신은 경계하며 배척했다네.

돌연 까닭 없이 애석하게 별세하니

하루아침에 꿈은 사라지고 원혼도 떠나갔네.

三田降伏入寒期, 質子無辜行北夷. 삼전항복입한기, 질자무고행북이.

忍苦耐辛緣好友, 生思出想得新知. 인고내신연호우, 생사출상득신지.

民街迎智希仁主, 大闕排他做仇狸. 민가영지희인주, 대궐배타주구리.

无故突然過世惜, 一朝夢散怨魂離. 무고돌연과세석, 일조몽산원혼리.

* 구리(仇狸): 원수에 비유.

소현세자는 1645년(인조 23년) 2월에 약 8년간의 인질 생활을 마치고 귀국한 지 두 달 후 환경전에서 갑자기 사망하였다. 세자의 나이 34세였고 실록의 사인은 학질[33]로 기록되었다. 그러나 세자의 죽음은 많은 의문점을 남겼다. 소현세자의 졸곡제(卒哭祭)를 행하던 날 사관은 세자의 죽음에 대하여 의문을 남기면서 다음과 같이 기록하고 있다.

"소현세자의 졸곡제를 행하였다. 전일 세자가 심양에 있을 때 집을 지어 단확(丹艧)을 발라서 단장하고, 또 포로로 잡혀간 조선 사람들을 모집하여 둔전을 경작해서 곡식을 쌓아 두었다. 그것으로 진귀한 물품과 무역을 하느라 관소(館所)의 문이 마치 시장 같았으므로, 상이 그 사실을 듣고 불평스럽게 여겼다. 그런데 상의 행희(幸姬) 조소용은 전일부터 세자 및 세자빈과 본디 서로 좋지 않았던 터라, 밤낮으로 상의 앞에서 참소하여 세자 내외에게 죄악을 얽어 만들어서 저주를 했다느니 대역부도의 행위를 했다느니 하는 말로 빈궁을 모함하였다. 세자는 본국에 돌아온 지 얼마 안 되어 병을 얻었고 병이 난 지 수일 만에 죽었는데, 온몸이 전부 검은빛이었고 이목구비의 일곱 구멍에 모두 선혈이 흘러나오므로, 검은 멱목(幎目)으로 그 얼굴 반쪽만 덮어 놓았으나, 곁에 있는 사람도 그 얼굴빛을 분별할 수 없어서 마치 약물에 중독되어 죽은 사람과 같았다. 그런데 이 사실을 외인(外人)들은 아는 자가 없었고, 상도 알지 못하였다. 당시 종실 진원군(珍原君) 이세완의 아내는 곧 인열왕후의 서제(庶弟)였기 때문에, 세완(世完)이 내척(內戚)으로서 세자의 염습(斂襲)에 참여했다가 그 이상한 것을 보고 나와서 말한 것이다"[34]

33) 『인조실록』제46권(인조 23년 4월 23일)

34) 『인조실록』제46권(인조 23년 6월 27일): 戊寅/行昭顯世子卒哭祭. 初, 世子在瀋陽時, 作室塗以丹艧, 又募東人之被俘者, 屯田積粟, 貿換異物, 館門如市, 上聞之不平. 上之 幸姬趙昭容自前日, 素不悅於世子及嬪, 日夜媒孽於上前, 以詛呪不道之說, 構誣嬪宮. 世子東還未幾, 得疾數日而薨, 擧體盡黑, 七竅皆出鮮血, 以玄幀覆其半面, 傍人不能

〈醫女大長今〉의녀 대장금,[35] 2017. 3. 20. 김범중

어려운 집안에 태어나 만난을 겪고
공부하고 몸가짐 바로 하여 입궁했다네.
일 없을 땐 향연의 자리에 나가고
바쁠 땐 맡은 일 기쁘게 했으리.
밤낮으로 성심껏 임금님 간호하고
조석으로 지극히 수라상 보살폈네.
탕약 시침으로 일생 받쳤으니
그의 헌신 영원히 어의로 남으리.

出身貧賤受千難, 修學裝姿入玉寰. 출신빈천수천난, 수학장자입옥환.
無事閑暇參宴會, 煩忙平日務承歡. 무사한가참연회, 번망평일무승환.
誠心晝夜護君病, 至極三時嘗御餐. 성심주야호군병, 지극삼시상어찬.
備藥施鍼投一命, 獻身永遠戴醫冠. 비약시침투일명, 헌신영원대의관.

辨, 其色有類中毒之人, 而外人莫有知者, 上亦不之知也. 時, 宗室珢原君 世完
35) 어려운 환경에서 태어나 어의 되어 환경전에서 중종을 간호하였다.

□ 역사가 흐르는 푸른 숲

옥천변 숲

유록화홍(柳綠花紅) 화사하게 궁궐을 수놓았던 꽃들은 콩알만 한 열매를 남기며 떨어지고 궁궐은 새로운 계절을 맞이한다. 오색 비단을 둘렀던 궁궐은 어느덧 푸른 융단을 휘감은 듯 푸르러 숲속은 마치 비가 내리면 금세 초록 물방울이 뚝뚝 떨어질 듯하다. 여름은 푸르름의 계절이다. 푸르름[靑]은 청춘을 의미한다. 새봄에 돋아났던 연두색 잎새는 어느덧 짙은 녹음으로 변하고, 연못과 숲속에서 탄생된 새 생명도 제법 크게 자라 어미의 행태를 배우며 나름대로 성체가 되어 간다.

새봄에 생명수(生命水)를 가득 담았던 숲속의 춘당지(春塘池)는 새로운 삶의 터전이 되고, 맑은 물줄기는 옥천을 따라 궐내 각사 터에 이르기까지 남으로 길게 이어진다. 산야에는 봄 못지않게 여름에도 다양한 야생화가 피어나 그 화려함을 자랑한다. 그러나 궁궐에서는 군데군데 피어나는 원추리꽃, 자귀나무·배롱나무의 붉은 꽃이 화사했던 봄꽃을 대신한다. 특히 춘당지섬의 자귀나무꽃과 남행각 옆의 배롱나무꽃은 수줍은 새색시처럼 연지곤지를 찍은 듯 푸른 궁궐에 아름다움을 더해 준다.

푸르른 숲속에는 길게 이어지는 옥천과 함께 조선 왕조의 역사(歷史)가 함께 흐르고 있음을 아는 이는 그리 많지 않은 것 같다. 동궐도(東闕圖)에 보이는 수많은 전각들의 터전이 여름이 되면 마치 싱그러운 숲속에 묻혀 숲의 청량감과 함께 역사의 향기가 배어나는 듯하다. 겨우내 황량했던 궐내 각사 터에도 오랜만에 푸른 잎이 우거져 무너진 옛터의 황량함을 덮어 준다.

2019년부터 관람 시간이 오후 9시까지 연장되어 늘 궁궐의 야경을 감상할 수 있지만, 3년 전까지는 계절별로 기간을 정해서 창경궁의 야간개방(夜間開放)을 실시했다. 특히 여름철에 밤더위를 피해 들어오는 관람객들은 마치 휘황한 등불에 모여드는 불나비를 연상케 한다. 청사초롱 불 밝힌 춘당지의 밤 풍경은 꿈에 그리던 선경에 이른다 할 수 있다.

〈靑宮〉 푸른 궁궐, 2019. 8. 20. 김범중

창공엔 흰 구름 한가히 떠 가고
가까이서 매미 소리 귀를 찌르네.
푸른 숲속을 흐르는 맑은 물
화살처럼 내 가슴 뚫고 지나가네.

白雲遲碧昊, 近處蟪聲衝. 백운지벽호, 근처혜성충.

玉水過林裏, 如矢貫肺通. 옥수과림리, 여시관폐통.

〈絶叫〉 한나절의 절규, 2015. 8. 22. 김범중

무더운 날씨에 관람객 드문데

홀연히 숲속을 찌르는 소리.

긴 기다림과 한 계절의 매미 생애

어찌 하늘을 원망하지 않을 수 있으랴.

暑宮無觀客, 樹裏忽然穿. 서궁무관객, 수리홀연천.

久待短蟬命, 如何不恨天. 구대단선명, 여하부한천.

〈君子一樂〉 군자 일락, 2019. 7. 27. 김범중

한줄기 바람 함양문을 식혀 주고

청아한 산새 소리 심금을 울리네.

늘 초목을 바라보며 풍월을 읊으니

삼공인들 어찌 감탄하지 않으랴.

一風吹大闕, 鳥語使心歡. 일풍취대궐, 조어사심환.

觀樹吟誦韻, 三公怎不歎. 관수음송운, 삼공즘부탄.

옥천변의 농익은 앵두

〈櫻娘〉 앵두 낭자, 2016. 6. 8. 김범중

초여름 햇살에 농익은 붉은 열매
섬섬옥수로 한 알씩 따서 소반에 담네.
터질세라 떨어질세라 조심조심
앵두보다 붉은 마음 옥천에 비치네.

南風炎日熟紅團, 玉手采珠入小盤. 남풍염일숙홍단, 옥수채주입소반.
常患毀傷憂潰爛, 丹心賴意照川湍. 상환훼상우궤란, 단심정의조천단.

앵두는 꾀꼬리가 좋아하고 복숭아를 닮아 앵도(鶯桃)라고도 한다. 모든 과일 중 제일 먼저 익어서 예부터 제례상에 올렸던 과일이다. 조선 초 문신 성현(成俔)이 지은 『용재총화(慵齋叢話)』에는 세종대왕이 앵두를 좋아해 효자 문종이 궁궐 곳곳에 앵두를 심어서 수확 철이 되면 잘 익은 열매를 따다가 세종께 드렸던 기록이 있다.

미인을 지칭하는 말은 여러 가지가 있지만, 단순호치(丹脣皓齒)란 성어는 잘 익은 앵두의 붉은 모습이 마치 여인의 붉은 입술을 연상하여 나온 말이라고 한다.

고려의 문신이자 충신인 정몽주(鄭夢周)는 앵두를 소재로 임금에 대한 충절을 읊었다.

〈復州食櫻桃〉[36] 복주에서 앵도를 먹다, 정몽주(鄭夢周, 1337~1392)

오월 요동의 더위 약해도
앵도는 막 익어 가지를 내리누르네.
나그네 길에서 맛본 첫맛에 도리어 슬퍼짐은
오나라 임금이 사당에 받치는 것 따라가지 못하니.

五月遼東暑氣微, 櫻桃初熟壓低支. 오월요동서기미, 앵도초숙압저지.
嘗新客路還腸斷, 不及吳君薦廟時. 상신객로환장단, 불급오군천묘시.

---

36) 『圃隱集』

□ 구름이 머무는 춘당지

춘당지의 여름

주변이 온통 꽃으로 장식되었던 춘당지는 여름이 되면 더욱 생동감이 넘쳐 난다. 초봄에 부화한 어린 산새의 지저귐, 이따금 어미를 따라 물결을 가르는 아기 원앙의 어설픈 몸짓 등 춘당지 가족은 여름에 더욱 바쁘다. 특히 청둥오리는 어린 자식을 꼬리에 달고 훈련시키며, 오랜 세월 지하에서 생활하다 올라온 매미는 짝을 찾아 목이 터져라 울어 댄다. 또한 밤을 지샌 듯한 못가 소나무의 백로는 두 눈을 부릅뜨고 물속을 노려보고, 이따금 아침 잉어는 먹이 찾아 물속을 자맥질한다. 이는 장장하일(長長何日)에 무덥고 짜증 나는 관람객에게 연못 주변의 푸른 숲과 함께 청량감을 더해 준다. 수면에는 늘 흰 구름이 떠가고 때로는 운각(雲脚)이 모여 구름 대궐을 만들기도 한다. 춘당지에서 흘러내리는 옥천은 가뭄에 지쳐 목이 쉰 소리를 내며 흐르다 갑자기 폭우가 내리면 요란하고 무섭게 흘러간다. 그러다가 비가 그치고 연못가에 무지개를 그리며 햇빛이 나면, 마치 첫사랑이 가슴을 할퀴고 지나간 것처럼 언제 그랬느냐는 듯 고요하다.

〈望湖樓醉書〉 망호루에서 한잔하고 쓴 시, 소식(蘇軾, 1036~1101)

먹구름 미처 산을 덮기 전에
소나기가 구슬 튀듯 배 안으로 들어오네.
돌개바람 불어와 홀연히 구름 흩뜨리니
망루 밑 호숫물 빛 하늘처럼 파랗구나.

黑雲翻墨未遮山, 白雨跳珠亂入船. 흑운번묵미차산, 백우도주난입선.
卷地風來忽吹散, 望湖樓下水如天. 권지풍래홀취산, 망호루하수여천.

작가는 중국 북송의 시인으로 본명은 소식이고 자는 자첨(子瞻), 동파는 그의 호다. 아버지 조순 동생 소철과 함께 '3소(三蘇)'로 일컬어지며, 모두 당송 8대 가에 속한다. 동파집(東坡集) 등 수많은 시문을 남겼다.

조선 후기의 서화가이자 문신인 추사 김정희는 취우(驟雨)라는 시제로 여름 정취를 읊었다.

〈驟雨〉[37] 소나기, 김정희(金正喜, 1786~1856)

나무마다 더운 바람이니 잎새들도 소리 내는데

---

37) 『阮堂先生全集 卷十』

두어 봉 서쪽에는 비구름 새카맣네.
청개구리 한 마리 쑥 빛보다 새파라니
파초 잎에 뛰어올라 까치 울음 흉내 내네.

樹樹薰風葉欲嚌, 正濃黑雨數峰西. 수수훈풍엽녹제, 정농흑우수봉서.
小蛙一種靑於艾, 跳上蕉梢效鵲啼. 소규일종청어애, 도상초초효작제.

〈雷雨〉 소나기, 2020. 8. 6. 김범중

요란한 폭우 춘당지를 할퀴더니
하늘엔 갑자기 무지개 피어나네.
홀연히 왔다 지나가는 첫사랑도
한줄기 스쳐 가는 소나기 같으리.

暴雨抓池去, 晴天忽起虹. 폭우조지거, 청천홀기홍.
靑春男女戀, 亦是一過涷. 청춘남녀연, 역시일과동.

춘당지의 여름 아침

〈春塘池夏〉 춘당지의 여름, 2019. 6. 5. 김범중

숲속에 숨어 있는 맑은 연못
하늘을 품어 흰 구름 출렁이네.
청산은 어디인가?
한 마리 백로 물가를 맴돌아 날아가네.

白澤藏林裏, 抱天雲片濤. 백택장림리, 포천운편도.
青山何處在, 一鷺轉汀翶. 청산하처재, 일로전정고.

〈孤舟〉 **외로운 배, 2016. 8. 29. 김범중**

하늘 맑고 숲은 푸른데
남풍에 수양버들 가지 흔들리네.
궁궐엔 인적 끊기고
못가엔 빈 배만 홀로 남았네.

昊碧林青綠, 南風動柳枝. 호벽임청록, 남풍동유지.

宮邊人跡滅, 只舶守淸池. 궁변인적멸, 지박수청지.

〈池龍〉춘당지 잠용, 2019. 10. 10. 김범중

소나무 위 백로 깊은 잠에 취해 있고
맑고 고요한 물속엔 한 마리 용 맴돈다네.
저녁 안개 뿌옇게 묘경을 더하니
혹시 용이 여길 떠나 승천하려 할까?

青松白鷺醉深眠, 池靜清清一蟒旋. 청송백로취심면, 지정청청일망선.
夕霧濛濛加妙境, 或如離此欲昇天. 석무몽몽가묘경, 혹여이차욕승천.

〈水霧〉물안개, 2019. 7. 7. 김범중

새벽안개 연못가에 자욱이 피어오르니
산 기운 은은히 숲 향기 전해 오네.
오리 떼 서로 따라다니며 한가로이 유영하는데
고개 돌려 보니 한순간 속세가 멀어진 듯.

曉晨濃霧滿春塘, 山氣隱然傳樹香. 효신농무만춘당, 산기은연전수향.
鳧鴨互從連逸樂, 回頭一刻俗塵茫. 부압호종연일락, 회두일각속진망.

연못가 백로

〈望鄕〉 망향, 2017. 7. 30. 김범중

이른 아침 춘당지 둘러보니
아침 햇살 숲속을 비춰 반짝이네.
연못가 작은 오솔길 이어지고
길가엔 목마른 버드나무 늘어졌네.
매미는 느티나무를 기어오르는데
백로는 소나무 가지에 날아와 앉네.
물결에 구름과 산이 일렁이니
갑자기 고향 생각 떠오르네.

淸晨逍北澤, 日閃斜林摘. 청신소북택, 일섬사임리.
池外徑幽接, 途邊柳渴垂. 지외경유접, 도변유갈수.

灰蟬爬楥幹, 白鷺坐松枝. 회선파원간, 백로좌송지.

由浪雲山動, 忽然向母馳. 유랑운산동, 홀연향모치.

연못가 백송

〈白松〉 백송, 2016. 7. 21. 김범중

연못가 커다란 소나무
몸은 하얀데 머리는 청춘이네.
천년을 온축한 영험한 기운
적막한 대궐을 지키는 듯.

池邊松樹大, 體白髮靑春. 지변송수대, 체백발청춘.

靈氣千年毓, 如同守寂宸. 영기천년육, 여동수적신.

춘당지의 여름 아침

〈等〉 기다림, 2020. 7. 16. 김범중

전염병이 유행한 지 오래되니
인적 드물어 여름 궁궐 쓸쓸하네.
가뭄이 지속되고 무더위가 심하니
한 마리 백로 하늘 향해 탄식하네.

疫病流行久, 人稀夏闕閑. 역병유행구, 인희하궐한.
旱長炎熱甚, 獨鷺向天歎. 한장염열심, 독로향천탄.

귀룽나무꽃

꽃은 겨울을 제외하고 모든 계절에 피어나 아름다운 자태를 자랑한다. 초봄에 피어나는 꽃은 다른 꽃나무들이 잠자고 있는 겨울에 준비하여 새봄의 전령 역할을 한다. 또한 잎이 먼저 피는 나무는 꽃이 먼저 피는 나무에 비하여 한 박자 늦게 꽃이 피어난다. 흔히 여름을 녹음방초(綠陰芳草)의 계절이라 할 만큼 여름에 산야에는 많은 야생화가 피고 진다. 초여름에 피는 꽃은 흰색 꽃이 많다. 창경궁에도 연분홍·노란색 꽃이 지고 4월 하순, 5월 초순에 접어들면 귀룽나무·돌배나무·산사·이팝나꽃 등이 하얗게 피어나며 여름맞이를 한다. 그런가 하면 영춘헌(迎春軒) 뒤 화계에는 5월에 부귀영화를 상징한다는 목단꽃이 붉게 피어나 늦봄의 절정을 구가하는 양 화사하고 요염한 자태를 자랑한다. 목단은 신라 선덕여왕(善德女王)이 당 태종으로부터 그림과 씨앗을 선물 받았는데 선덕여왕이 그 그림을 보고 "이 꽃은 필시 향이 없다."고 하자 시녀가 "마마, 그것을 어떻게 아십니까?" 하고 물으니 "꽃에 나비가 없는 것을 보면 모르냐."고 하였다는 전설의 꽃이다.
이어서 녹음이 짙어지며 연분홍의 자귀나무·배롱나무·원추리꽃 등이 푸르른 창경궁의 여름을 아름답게 장식한다.

〈물〉 가뭄, 2019. 7. 24. 김범중

맑은 하늘에 조각구름 멀어지고
기다리던 비는 오지 않고 바람만 부네.
관람객 드물어 무더운 궁궐 쓸쓸하니
시심도 메말라 한 구절 얻기 어렵네.

青天雲片遠, 不雨有西風. 청천운편원, 부우유서풍.
無客炎宮寂, 難求一韻通. 무객염궁적, 난구일묘통.

배롱나무꽃

원추리꽃

〈萱花〉 원추리꽃, 2019. 6. 30. 김범중

무더위가 궁궐을 엄습하는데
원추리 꽃 곳곳에 피어났네.
여섯 갈래 노란 얼굴 활짝 웃으며
걱정을 잊고 살라 하네.

炎天蒙夏殿, 處處有萱蕤. 염천몽하전, 처처유훤유.

六葉黃容笑, 傳言勿憂危. 육엽황용소, 전언물우위.

* 원추리의 꽃말은 '기다리는 마음'이다. 남의 어머니를 높여 자당(慈堂) 또는 훤당(萱堂)이
라 한다. 한방에서는 망우초(忘憂草)라 하여 우울증 치료제로 쓰이기도 한다.

자귀나무꽃

〈合歡花〉**자귀나무꽃, 2016. 6. 25. 김범중**

멀리서 보면 작은 황학 같고

가까이 보면 우아한 공작새 같네.

붉은 꽃잎 대궐에 화사하게 피어나

환하게 웃으며 관람객에 합환주 권하네.

遠看黃鶴作群飛, 近視優華孔雀妃. 원간황학작군비, 근시우화공작비.

百葉紅花粧大闕, 合歡含笑侑相觶. 백엽홍화장대궐, 합환함소유상치.

자귀나무는 자귀(농기구)의 손잡이를 만드는 데 사용되는 나무였기 때문에 자귀나무라 한다. 해가 지면 50~80개에 이르는 잎들이 서로 맞붙어 자연히 부부의 금슬을 상징하는 나무가 되었다. 한자로 합환수(合歡樹)라 한다. 꽃은 짧은 분홍실을 부채살처럼 펼쳐 놓은 듯 피어나 궁궐을 아름답게 수놓는다. 꽃을 말려서 남편의 베개 속에 넣어 두면 부부간 금슬이 좋아진다는 설이 있으며 옛 중국 궁궐에서는 이 꽃으로 빚은 술을 궁중의 혼례 때 합환주로 사용했다고 한다.

〈餓貉〉 배고픈 너구리, 2015. 8. 25. 김범중

처서에 아침 공기 서늘하고
누각의 그림자 점점 길어지네.
초조한 매미 하루해 짧다 하는데
허기진 너구리는 한 끼 찾아 배회하네.

處署秋朝冷, 樓陰漸漸長. 처서추조냉, 누음점점장.
蜩蟬鳴日短, 餓貉找餐徨. 조선명일단, 아맥조찬황.

〈秋情〉 추정, 2019. 8. 27. 김범중

한나절의 폭염 여전히 심한데

전각의 추녀 밑엔 잠자리 떼 모여드네.

후원의 백일홍 아직 지지 않았는데

전각 모서리엔 국화 잎새 피어났네.

半天炎日甚, 橑下有蜻群. 반천염일심, 료하유청군.

後苑薇花在, 軒頭菊葉芬. 후원미화재, 헌두국엽분.

□ 명정(明政)은 어느 곳에서

창경궁의 정전 명정전과 조정

명정문(明政門)을 들어가 조정의 삼도를 지나면 2단의 월대 위에 동향으로 입향한 아담하고 아름다운 건물에 이르게 된다. 창경궁의 정전(正殿)인 명정전(明政殿)으로 국보(國寶)로 지정된 창경궁의 유일한 전각이다. 또한 현존하는 궁궐의 정전 가운데 역사가 가장 오래된 건물이다. 창경궁 창건 시 지어졌으나 임진왜란 때 전소된 후 1616년(광해군 8년)에 중건되어 오늘에 이른다. 정전은 궁궐의 핵심전각이며 왕실의 큰 행사는 대부분 이곳에서 치러진다. 왕이 정월 초하루와 생일 때 문무백관으로부터 하례를 받는 곳이 정전이며, 외교 사신을 맞거나 이웃 나라 왕의 서신을 받는 등 국가의식은 모두 정전에서 이루어졌다.

명정(明政)이란 '정사를 밝힌다'는 의미이다. 명정전이 창경궁의 중심이 되는 건물이므로 임금이 중심에서 밝은 정치를 해 달라는 염원을 담은 말이다. 『후한서』 「장제기(章帝紀)」에 "정사를 밝히는 것[明政]은 크고 작음이 없이 인재를 얻는 것이 근본이다."라는 용례가 있다.[38]

명정전에서는 영조 대를 제외하고 임금의 정치 활동보다는 궁중 연회 등 왕실의 경사가 있을 때 공식적인 행사가 많이 거행되었다. 1543년(중종 38년)에 명정전 뜰에서 성대한 양로연(養老宴)이 있었고, 1759년(영조 35년) 6월에는 당시 66세인 영조가 15세인 정순왕후(貞純王后)와 가례를 올렸다. 가례식은 「영조정순왕후가례도감의궤(英祖定順王后嘉禮都監儀軌)」에 기록되어 있다.

전면에 펼쳐진 넓은 마당 즉, 조정(朝庭)[39]에 얇고 넓적한 박석을 깔고 중앙에는 삼도(三道)를 설치하였으며, 좌우에 품계석(品階石)을 두어 왕궁의 격식을 갖추었다. 조정에서 계단을 거쳐 월대를 지나면 어좌에 이르게 되는데, 계단에는 답도(踏道)가 설치되어 있다. 명정전 실내 중앙에는 왕이 앉는 어탑이 있고 그 뒤에는 〈일월오봉도(日月五峯圖)〉 병풍이 둘러처 있다. 어탑의 보개에는 머름 장식이 있으며 천장에는 모란과 구름 사이에 봉황(鳳凰)이 그려져 있다.

---

38) 『궁궐의 현판과 주련 2』 p. 284.

39) 법전의 앞마당, 궁궐의 대내외 행사용 공간으로 박석이 깔려 있고 품계석이 있다.

명정전 답도

"궁궐 정전의 계단 어간(御間)에 답도(踏道)가 설치되어 있는데 이는 원래 '신령 앞에서 존경심을 표시'하는 뜻이다. 왕에 대한 존경심을 표시하는 뜻과 왕이 다니는 통로를 상서롭게 조성하는 의미를 갖는다. 그래서 답도에 새길 수 있는 문양은 왕실의 무궁한 번영과 빛나는 문물제도, 이상적인 정치를 상징하는 최고의 것이 되어야 한다. 용·거북·기린과 함께 사령(四靈)의 하나로 일컬어지는 봉황은 성군이 출현하여 나라가 태평하면 홀연히 나타난다는 최고 상서를 상징하는 새이다. 경복궁·창덕궁·창경궁·경희궁의 답도에는 봉황이, 덕수궁 답도에는 용이 새겨져 있다. 계단의 수직면을 챌판이라고 하는데 이곳의 문양도 최고의 상서(祥瑞)를 나타내는 문양이 새겨져 있다. 요임금 때 조정의 섬돌에 돋아났다는 명협(蓂莢)이라는 서초(瑞草)가 새겨져 있다. 명협은 태평성대에만 나온다는 상서로운 풀로 단협(丹莢) 또는 명폐(蓂陛)라 불리는데, 천자의 전계(殿階), 더 나아가 궁궐 전체를 뜻하기도 한다."[40]

---

40) 『한국전통·건축양식의비밀』

명정전 실내의 〈일월오봉도〉

〈일월오봉도(日月五峯圖)〉는 조선 시대 각 궁궐 정전(正殿)의 어좌 뒤에 설치되었다. 다섯 개의 산봉우리와 해와 달을 그린 그림이다. 하늘에는 음양(陰陽)을 상징하는 흰 달과 붉은 해가 좌우에 떠 있다. 그 아래에는 오행(五行)을 상징하는 다섯 개의 산봉우리가 우뚝 솟아 있다. 화면의 하단에는 파도가 출렁이는 바다가 그려져 있으며, 좌우에 소나무가 짝을 이루어 서 있다. 〈일월오봉도〉는 절대자가 다스리는 세계를 시각화한 것으로 음양(陰陽)과 오행(五行)의 원리를 보여주고 있다. 중국의 고전 『시경(詩經)』 「소아(小雅)」편의 '천보구여(天保九如)' 내용이 반영되어 있다는 점에서 『시경(詩經)』의 내용을 시각화한 것으로 이해되고 있다.[41]

---

41) 『한국민족문화대백과』

명정전 내부

　궁궐 정전의 추녀 밑에는 정(政) 자가 쓰여 있는 현판이 있다. 이는 임금이 부지런히 정사를 돌보고 어진 정치, 밝은 정치를 하라는 의미라고 한다. 경복궁은 근정전(勤政殿), 창덕궁은 인정전(仁政殿), 창경궁은 명정전(明政殿), 경희궁은 숭정전(崇政殿) 등이다. 경복궁의 근정전과 창덕궁의 인정전이 중층 규모로 거대하게 지어진 것에 비해 명정전은 상대적으로 규모가 작다. 이는 당초 창경궁을 정치를 하기 위해 지은 것이 아니라, 왕대비 등의 생활 공간으로 지은 궁궐이기 때문으로 짐작된다. 창경궁으로 임어하려 했던 광해군은 창경궁 재건 시 정전인 명정전을 창덕궁의 인정전과 같이 크게 재축할 것을 원했으나 신하들의 반대로 당초의 규모로 건축하게 되었다고 한다.

명정전 월대 위 드므

명정전 월대 좌우에는 '드므'라 불리는 커다란 청동 그릇이 있다. 드므에 물을 가득 담아 두어 화재를 예방한다는 의미가 있다고 한다. 즉 화마가 불을 지르러 왔다가 물에 비친 자신의 모습을 보고 놀라서 달아난다는 주술적인 의미가 있다.

〈明政殿〉 명정전, 2016. 6. 2. 김범중

월대 위 동향의 전각

행랑이 담장처럼 둘렀네.

정치보다 향연을 자주 열었다니

명정(明政)은 어느 궁궐에서 이루어졌는지?

臺上有東殿, 行廊若堵圍. 대상유동전, 행낭약도위.
比經多宴會, 明政搞何闌. 비경다연회, 명정고하위.

〈臨明政殿〉 명정전에서, 2016. 7. 17. 김범중

추녀를 받드는 기둥과 창틀 아름답고
봉황은 구름 따라 하늘을 날아오르네.
일월오봉도 오늘도 어탑을 비추는데
어좌가 비어 있으니 임금님은 잠행 가신 듯.

圓欖花圈捧檐芳, 仁鳥隨雲飛昊揚. 원탱화합봉첨방, 인조수운비호양.
日月五峯明御榻, 蓮臺空座或潛行. 일월오봉명어탑, 연대공좌혹잠행.

* 인조(仁鳥): 봉황의 다른 이름.

〈殿檐下雀〉 명정전 참새들, 2016. 8. 12. 김범중

아침마다 시끄러운 추녀의 참새 가족
주인께 인사하고 관람객 안내하네.
부지런한 임금은 사철 새들이 물어 오는 것 보고
백성들의 생활상을 알 수 있었으리.

朝朝鵲雀作聲喧, 拜禮尊東引客裩. 조조적작작농훤, 배례존동인객곤.

勤主四時觀鳥料, 能知何以庶民存. 근주사시관조료, 능지하이서민존.

* 존동(尊東): 집주인.

〈三道〉삼도, 2019. 9. 25. 김범중

정문에서 시작된 넓은 돌길

옥교를 건너 옥좌에 이르렀네.

백성의 길은 보이지 않는데

좌우의 길만 여전히 평행하네.

石道穿禁闕, 過橋到玉堂. 석도천금궐, 과교도옥당.

民途何處在, 左右尙平行. 민도하처재, 좌우상평행.

조정의 품계석

〈品階石〉 품계석, 2019. 9. 16. 김범중

산들바람에 조각구름 흘러가는데
옛 전각은 여전히 창연하네.
인걸이 모두 떠나고 없으니
이끼도 없는 품계석이 으스대네.

微風雲片退, 古殿尙如前. 미풍운편퇴, 고전상여전.
君臣今不見, 無苔品碑先. 군신금부견, 무태품비선.

조선 제15대 임금인 광해군(光海君)은 임진왜란으로 불타 버린 궁궐을 재건하여 전란 후 왕조의 권위를 회복하고 나라의 기강을 확립하고자 적극적으로 활동하였다. 그러나 폐모살제(廢母殺弟)[42] 등으로 능양군이 주도한 반정에 의해 퇴출되었다. 조선왕조 사상 연산군에 이어 '군'이라는 묘호(廟號)를 받은 두 번째 왕이다. 광해군은 즉위 초기부터 궁궐건설에 지나친 의욕을 보였는데 이는 자신의 미약한 정치적 입지를 확보하기 위해서였다고 해석하기도 한다. 폐위되어 유배 중 자신의 처지를 읊은 율시가 전해진다.

〈風吹飛雨〉 바람이 불고 비가 뿌리니, 광해군(1575~1641)

궂은비와 거센 바람은 성벽 위를 지나가고
습기를 품은 역한 공기가 백척 누각에 가득하네.
바다에 성난 파도가 어둑어둑한 저녁에 몰아치는데
푸른 산의 수심의 빛은 맑은 가을 산천에 비치네.
돌아가고 싶은 마음은 궁궁이 풀에 맺혀 있는데
나그네 꿈속에서 제자주에 빈번히 놀래네. 놀라네.
고국의 존망은 소식조차 끊어진 지 이미 오랜데
자욱한 안개 낀 강 위엔 외로운 배만 떠 있네.

風吹飛雨過城頭, 瘴氣薰陰百尺樓. 풍취비우과성두, 장기훈음백척루.
滄海怒濤來薄暮, 碧山愁色帶淸秋. 창해노도래박모, 벽산수색대청추.
歸心厭見王孫草, 客夢頻驚帝子洲. 귀심염견왕손초, 객몽빈경제자주.
故國存亡消息斷, 烟派江上臥孤舟. 고국존망소식단, 연파강상와고주.

---

42) 광해군이 영창대군을 죽이고 인목대비를 폐한 사건으로 인조반정의 명분이 되었다.

이 시는 광해군이 강화도에서 제주도로 이배되기 직전에 지은 시로 자신의
고단한 삶과 인생무상, 나라 걱정에 대한 생각이 배어 있다. 『인조실록』에 기
록되어 있다.

〈光海君〉 광해군, 2019. 8. 10. 김범중

만난을 극복하고 용상에 올라
소실된 전각을 재건하여 조정을 바로 세웠네.
어의가 서려 있는 명정전 지금도 창연한데
고도의 갈매기만 머나먼 바닷가를 배회했으리.

過難荊路上龍床, 再立柱桁成椳梁. 과난형로상용상, 재립주연성각량.
御意滿甍今惆悵, 鷗群孤島轉灣羊. 어의만맹금추창, 구군고도전만양.

조선왕조 사상 반정(反正)에 의해 왕위가 바뀐 것은 두 차례다. 중종반정으로
폐위된 연산군(燕山君)과 인조반정으로 폐위된 광해군(光海君)이다. 두 왕은
반정에 의해 폐위되었다는 공통점이 있으나 정치적인 면에서는 커다란 차이
점을 보여 준다. 연산군이 흥청(興淸) 등을 통해 향락과 패륜의 길을 걸은 반
면, 광해군은 임진왜란 때 분조를 통해 자신의 능력을 충분히 발휘해 백성들
로부터 지지를 받았다. 훗날 재위 15년 2개월 동안 백성들을 위한 정치를 하
려고 노력했다.
문학적인 면에서는 광해군이 연산군보다 감수성이 부족했던 것으로 전해진

다. 연산군은 문학적인 소양이 풍부해 수준 높은 시를 130편 정도 남겼지만, 광해군은 작품도 거의 없고 시정도 연산군에 비해 낮은 편이었다고 한다.

〈仁穆大妃〉 인목대비, 2019. 9. 5. 김범중

젊어서 계비 되어 어렵게 원손 낳았으나
너무도 억울하게 아들과 아버지를 잃었네.
서궁에 유폐되어 원한이 응어리진 세월
반정으로 해원 하였으나 왕실의 근심은 커졌다네.

少時入闕産元昆, 萬古屈情失子親. 소시입궐산원곤, 만고굴정실자친.
幽閉西宮懷怨懟, 解寃反正滿愁磷. 유폐서궁회원대, 해원반정만수린.

* 반정(反正): 인조반정.

인목대비(仁穆大妃, 1602~1632)는 조선 제14대 왕 선조의 계비로 19세에 왕비가 되어 영창대군을 낳았다. 광해군이 즉위하자 영창대군을 왕으로 추대하려던 소북(小北) 일파가 몰락하고 대북(大北)이 득세하면서 아들 영창대군과 부친 김제남이 사사되고 대비는 1618년 서궁(西宮)에 유폐되어 폐서인이 되었다. 그러나 1623년 서인이 인조반정을 일으켜 광해군과 대북 일파를 몰아내자 복호(複號)되어 대왕대비로서 인경궁 흠명전(欽明殿)을 거처로 살다가 1632년에 사망하였다.

숭문당

　명정전 뒤편의 보첨을 거쳐 왼쪽으로 들어가면 임금이 신하들과 경연
을 열어 정사와 학문을 논하던 숭문당(崇文堂)이란 아담한 전각이 있다.
창건 시기는 불분명하나 광해군 때 창경궁이 재건되면서 건축된 것으로
추측된다. 순조 대에 화재로 소실되었다가 재건되었다. 숭문(崇文)은 문
치 또는 학문을 숭상한다는 의미이다. 창덕궁의 희정당(熙政堂), 경희궁
의 흥정당(興政堂)과 유사한 기능으로, 공식적인 편전인 문정전보다 숭문
당을 더 많이 활용했다고 한다. 현판의 글씨는 영조의 어필이다.
　창경궁을 자주 찾았던 "영조는『시경(詩經)』에 나오는 '일감재자(日監在
玆)'란 시구(詩句)를 직접 쓰고 이를 현판에 새겨서 숭문당 실내에 걸도록
했다."[43]

---

43) 『우리 궁궐을 아는 사전』 p. 331.

일감자재 편액

일감재자(日監在茲)는 '하늘이 날로 살펴보심이 여기에 계시다'라는 뜻이다. 하늘이 항상 내려다보고 있으니 공경하는 마음을 잃지 말라는 의미를 담고 있다. 이 구절은 『시경』의 「주송(周頌)·경지(敬之)」편에 나온다. 이 시에서 "공경할지어다. 공경할지어다. 천명이 밝은지라 명을 보전하기가 쉽지 아니하니, 높고 높아 저 지위에 있다고 말하지 말지어다. 그 일에 오르내리어 날로 살펴보심이 여기에 계시니라"라고 하였다.[44]

숭문당 뒤편에는 인조가 강화도로 피난 갔다 돌아와 인경궁(仁慶宮)[45]의 함인당을 헐어 지은 함인정(涵仁亭)이 있다. 함인정은 숭문당과 비슷한 용도로 지어졌지만 쓰임새가 좀 더 다양했다. 정자 앞 넓은 마당에서 유생들의 과거시험이 치러지고, 공로가 있는 신하들을 위로하는 등 정치적인 장소로 적극 활용 되었다고 한다. '세상이 임금의 어짊과 의로움에

---

44) 『궁궐의 현판과 주련 2』 p. 289.

45) 인경궁은 광해군 때 인왕산 아래, 사직의 북쪽에 짓기 시작한 궁이다. 몇몇 전각과 연못 등이 조성되다가 인조반정으로 완성되지 못했다.

흠뻑 젖는다'는 의미의 함인정은 당초에는 사면에 벽체가 있었으나 지금은 기둥만 남아 정자 형태를 갖추고 있다.

함인정 내부에는 사계절을 노래한 중국의 시인 도연명이 지었다고 전해지는 '사시(四時)' 편액이 걸려 있다.

〈四時〉 사시

봄물은 사방 연못에 가득하고
여름 구름은 기이한 봉우리에 많도다.
가을 달은 밝은 빛을 드날리는데
겨울 산마루엔 한 그루 소나무 빼어나도다.

春水滿四澤, 夏雲多奇峰. 춘수만사택, 하운다기봉.
秋月揚明輝, 冬嶺秀孤松. 추월양명휘, 동령수고송.

이 시는 도연명의 문집인 『도정절집(陶靖節集)』에 실려 있어 오래전부터 도연명의 시로 알려져 있으며 『고문진보(古文眞寶)』[46] 전집(前集)에도 도연명의 작품으로 실려 있다. 그러나 지금은 여러 연구에 의해 진(晉)나라의 유명한

---

46) 중국 송나라 말기의 학자인 황견(黃堅)이 주나라 때부터 송나라 때까지의 시문을 모아 엮은 책이다.

화가 고개지(顧愷之)의 작품으로 정정되었다.[47]

함인정 전경

　빈양문(賓陽門)은 명정전 뒤쪽의 회랑(回廊)이 끝나는 부분에 있다.
외전과 내전의 경계를 이루는 문이다. 건축연대는 정확히 알 수 없지만,
1830년(순조 30년)에 화재로 소실되었다가 1834년에 복구되었고, 일제
강점기에 철거되었다가 1986년에 중건되었다. 임금의 행차는 대부분 이
문을 거쳐 명정전으로 나갔다. 또한 이 문을 통하여 향축(香祝)을 전하기
도 하고, 과거 급제자들을 불러 만나기도 하였다.

---

47) 『궁궐의 현판과 주련 2』 p. 302.

빈양(賓陽)은 '밝음을 공경히 맞이한다'는 의미이다. '빈(賓)'은 '공경히 맞이한다'는 뜻이며, 빈양문이 동쪽에 걸려 있으므로 '양(陽)' 자를 쓴 것이다. 명정전은 임금이 정무를 보던 곳이므로 양(陽) 즉 태양은 임금을 상징하기도 한다. 『서경(書經)』의 「요전(堯典)」에 "떠오르는 해를 공경히 맞이한다[寅賓出日]"는 구절이 있는데, 중국 송나라 유학자 채침은 이 구절을 "인(寅)은 공경함이요, 빈(賓)은 빈객을 맞듯 예로 대접하는 의미이다."라고 풀이하였다. 중국에도 빈양루(賓陽樓)라는 누각이 있는데 그 편액을 지은 취지를 요약하면 "주역에 해가 땅 위에 있는 괘가 '진(晉)'인데 군자가 이것을 보고 스스로 덕을 밝힌다."고 되어 있다. '빈(賓)을 밝음을 향하여 나아가[進] 덕을 밝히라'는 의미로 풀이한 것이다.[48]

〈賓陽門〉 빈양문, 2016. 6. 4. 김범중

궁궐 깊은 곳에 은밀한 작은 문
치조와 연조 간의 연결 통로였네.
왕실의 보호를 위해 엄히 통제하였으니
인왕산 호랑인들 어찌 들어갈 수 있었으랴.

宮中深處隱矮裔, 治燕相間連結途. 궁중심처은왜유, 치연상간연결도,

防備森嚴關主域, 仁王猛虎豈能逾. 방비삼엄관주역, 인왕맹호기능유.

---

48) 『궁궐의 현판과 주련 2』 p. 292.

외조와 내전을 연결하는 빈양문

□ 회화나무의 애달픈 매미 소리

사도세자의 비극이 서려 있는 문정전

명정전의 좌측에는 명정전과 등을 돌리고 남향한 전각인 문정전(文政殿)이 있다. 마치 정전인 명정전처럼 동향으로 짓지 않은 것을 투정이라도 하듯. 문정전은 창경궁 창건 시 왕의 집무실인 편전으로 지어진 전각이다. 편전은 대부분 정전의 북쪽에 위치한다. 경복궁의 사정전(思政殿)은 근정전(勤政殿)의 정북방에, 창덕궁의 선정전(宣政殿)은 인정전(仁政殿)의 동북쪽에 있고, 경희궁의 자정전(資政殿) 역시 숭정전(崇政殿)의 북쪽에 위치해 있다.

비록 창경궁의 편전(便殿)으로 지었으나 실제로 문정전에서 왕이 강론을 듣고 신하들과 국사를 논의한 일은 많지 않았다. 인조반정, 이괄의 난 등으로 창덕궁이 화재를 입어 인조가 잠시 편전으로 사용하였으며, 연산군은 이곳에서 연회를 즐겼다고 한다. 주로 왕실이 국상을 당했을 때 신주를 모시고 제례를 올리는 혼전(魂殿)으로 사용된 예가 많았다. 1530년 (중종 25년) 성종비였던 정현왕후(貞顯王后) 승하 시 혼전으로 쓰인 것을 시작으로 여러 임금과 왕대비의 혼전으로 사용되었다. 1762년(영조 38년) 윤 5월 뜨거운 뙤약볕 아래 사도세자가 아버지 영조의 명에 의해 뒤주에 갇혀 죽은 곳이다. 환경전과 함께 세자의 슬픔이 배어 있는 전각이다.

문정전은 다른 궁궐의 편전에 비해 다소 격이 낮은 듯하다. 경복궁의 사정전(思政殿)이나 창덕궁의 선정전(宣政殿)이 둥근 기둥으로 지어진 반면, 문정전은 둥근 기둥보다 격식이 낮은 네모기둥으로 지어졌다. 이는 창경궁 창건의 취지에 따라 궁궐의 격식을 경복궁이나 창덕궁보다 낮추어 지었기 때문으로 보인다.

창경궁에 대해 유난히 애착심이 많았던 광해군은 창경궁 재건 시 문정전도 명정전과 같이 동향으로 배치하고 기둥도 원기둥으로 고쳐 짓도록 명하였다. 그러나 신하들은 정전(正殿)과 차별화되어야 한다고 반대하여 원래의 모습인 남향으로 지었다고 한다. 기둥도 원기둥이 아닌 네모기둥을 사용하였고, 마루도 우물마루를 깔고 창호도 장식 없는 격자 살문을 설치하였다. 문정전 내부도 어좌대 없이 어좌만 놓아 정전인 명정전보다 격을 낮추었다. 이는 천원지방(天圓地方)의 원리를 원용하여 주(主)와 부(副)를 구분하려는 의도로 여겨진다.

문정전 일원은 일제 강점기 때 헐려서 동물사육장으로 쓰이다가 1986년 문정문(文政門) 동행각(東行閣)과 함께 복원되었다. 일제가 왕궁을 훼손하여 국권을 침탈하고 사직을 능멸한 일이 창경궁에서 일어난 대표적인 사례이다.

문정전 내부

〈文政殿夏〉 문정전의 여름, 2017. 8. 2.

한나절 햇볕 대전에 내리쬐어
박석을 달구어 숨 막히게 하네.
담장 너머 돌배는 익어 가는데
회화나무 매미는 온종일 아우성치네.

日陽斜大殿, 煉石炎虛空. 일양사대전, 연석염허공.

壁後沙梨熟, 槐蟬盡日訌. 벽후사이숙, 괴선진일홍.

조선 제21대 왕 영조는 자신의 콤플렉스에도 불구하고 근검절약과 학문연구
로 18세기 조선의 중흥을 일으킨 왕으로 평가받는다. 개인적으로는 아들 사

도세자(思悼世子)의 죽음 등 불행에 시달렸으나 정치적으로 현명하게 승화시켜 민생을 안정시킨 임금이었다. 역대 왕 중에서 가장 오랫동안 재위하였고 가장 오랫동안 창경궁에 이어 하여 정치를 한 임금이다. 누구보다도 백성을 위한 군주였고 창경궁에서 백성과 소통한 임금이었다. 홍화문·명정전·문정전·숭문당·함인정·영춘헌 등 영조의 발길이 없는 곳이 없다고 한다. 31세에 왕위를 물려받아 무려 51년 동안 재위했으며, 조선 국왕 중 가장 많은 창작을 한 왕이자 가장 많이 책을 읽은 인물로 시 831수, 문(文) 691편이 국왕의 시문집인 『열성어제(列聖御製)』에 실려 있다

〈御製詩〉, 영조(1694~1776)

나라가 나라 노릇을 하고 임금이 임금 노릇을 하는 것은
오직 백성과 기쁨을 함께하는 데에 달려 있네.
화려하고 사치스러운 것이 눈앞을 현혹하더라도
어찌 우리가 백성과 기쁨을 함께하는 것만 같으리.

國之爲國君爲君, 惟在與民同其歡. 국지위국군위군, 유재여민동기환.
粉華侈靡眩於眼, 豈如吾民同其歡, 분화치미현어안, 기여오민동기환.

〈思君〉 영조를 생각하다, 2019. 10. 15. 김범중

어렵게 신망을 얻어
수신 적덕하여 왕위에 올랐네.
근엄한 전각 여전히 남아 있어도

임오화변[49]의 원혼 아직도 외로이 떠도네.

克服辛難得信望, 修身積德上龍床. 극복신난득신망, 수신적덕상용상.
謹嚴殿閣如前在, 壬午冤魂還獨彷. 근엄전각여전재, 임오원혼환독방.

〈**思悼世子**〉 **사도세자**, 2017. 3. 10. 김범중

문정전의 단청 아름다운데
회화나무의 까마귀 소리에 객의 마음 슬프네.
태종은 형제를 제거하여 옥좌에 올랐고
세조는 조카를 내쫓아 용상을 찬탈했다네.
세자의 수신 소홀에 부왕은 격노했고
지나친 권력욕은 인륜을 저버렸다네.
천년의 흰 구름은 무심히 떠가는데
안내 표지판만 그날의 역사를 알리네.

中央玉殿綠紅光, 槐樹烏鳴客意涼. 중앙옥전녹홍광, 괴수오명객의량.
殺弟太宗登玉座, 除甥世祖奪龍床. 살제태종등옥좌, 제생세조탈용상.
修身疏忽驚嚴父, 權慾多過踵仲昻. 수신소홀경엄부, 권욕다과종중앙.

---

49) 1762년(영조 38) 윤 5월 영조가 대리청정 중인 왕세자를 폐위하고 뒤주에 가두어 죽
  게 한 사건.

千載白雲悠遠去, 說明看板告前殃. 천재백운유원거, 설명간판고전앙.

* "중앙(仲昻)은 고려 제26대 충선왕(忠宣王)의 자이다. 충선왕은 1310년 왕위를 세자 감 (鑑)에게 물려주려 했으나, 갑자기 감과 그를 지지한 자들을 죽이고 둘째 아들 도(燾)에 게 양위하였다."[50]

영조는 왜 아들 사도세자(思悼世子)를 뒤주에 가두어 죽게 했을까?

역사상 왕이 자신의 권력 욕심으로 아들을 죽인 사례는 드물지 않다. 조선의 영조 외에도 고구려 제2대 유리왕(琉璃王)은 부여와의 화친을 위해 장남인 도절을 인질로 보내려 했으나, 이를 반대하다 장남이 죽었고, 차남 해명은 반 란죄로 자결토록 한 비정한 왕이었다. 이와 비슷한 예는 후백제의 견훤과 후 고구려 궁예에서도 찾을 수 있다.

임오화변(壬午禍變)은 영조와 사도세자의 성격 차이, 노론(老論)과 소론(少論)의 권력 관계 즉 당쟁에서 그 원인을 찾는 견해가 있다. 두 요인이 복합적으로 작용했다는 견해도 있다. 부자간의 성격 차이를 주원인으로 보는 견해는 혜경궁 홍씨가 지은『한중록(閑中錄)』의 내용을 들 수 있다. 혜경궁 홍씨는 한중록을 통해 세자의 성격을 병적 증세로 보고, 세자의 어머니 선희궁(宣禧宮)의 세자에 대한 이야기에서 그 정당성을 찾으려 한 듯하다.

『한중록(閑中錄)』에는 세자의 병세가 극심하고 부모를 알지 못하는 지경에 이른 것을 보고 선희궁은 "차라리 세자의 몸이 없는 것이 옳다. 삼종 혈맥이 세손께 있으니 천만번 사랑하여도 나라를 보전하기는 이 수밖에 없다."[51]고 말했으며, 영조에게 아뢰기를 "세자의 병이 점점 깊어 바라는 것이 없습니다. 성궁을 보호하고 세손을 건져 종사를 평안히 하는 일이 옳으니 대처분을 하

---

50)『인물한국사』

51) 정병설.『한중록』, 문학동네. 2016. p. 125.

옵소서"[52]라고 기록하고 있다.

문정전 일원 | 文政殿
Munjeongjeon Area

문정전은 임금이 신하들과 회의를 열고, 국가정책의 의견을 나누던 창경궁의
편전(便殿: 집무실)으로, 동향인 명정전과 달리 남향 건물이다. 편전이면서도
왕실의 혼전(魂殿: 죽은 사람의 이름 등을 적은 신주를 모시는 곳)으로도 자주
쓰였다. 아버지 영조의 손에 죽임을 당한 사도세자의 비극도 문정전이 혼전으로
쓰이던 것과 관련이 있다. 문정전 일원은 일제 강점기 때 훼손되었고 1986년에
건물은 다시 세웠으나, 서쪽에 있던 담장과 화계 정원은 아직 다시 짓지 못하고
있다.

Munjeongjeon Hall was the office where the king attended to routine affairs and
held meetings with his officials. Unlike Myeongjeongjeon facing east, Mun-
jeongjeon faces south. It was primarily used as an office but was also used to en-
shrine the royal spirit tablets after funerals. Munjeongjeon and its other facilities
were destroyed during the Japanese occupation, and the building that we see
today was rebuilt in 1986. The wall that used to stand west of Munjeongjeon (to
the left) has not been restored

문정전 안내표지판

---

52) 정병설. 『한중록』. 문학동네. 2016. p. 126.

가을

□ 오색 비단을 두른 궁궐

비단을 두른 전각

　창경궁의 가을은 고추잠자리가 먼저 느끼는 듯하다. 팔월의 중턱을 넘어서면 하늘은 점차 높아지고 고추잠자리가 모여들어 전각의 추녀 밑을 맴돈다. 아침이슬 머금은 매미 소리 애처롭고 한나절 햇볕은 따갑지만 서루(西樓)의 석양빛 꼬리는 짧아진다. 한여름 녹색 궁궐에 돋보였던 숲속 나뭇가지의 미처 여물지 못한 열매 붉어지고, 성미 급한 나뭇잎은 하나둘씩 물들기 시작하여 궁궐은 정안홍엽(征雁紅葉)의 경지로 들어간다. 이따금 서쪽 하늘의 저녁노을 속으로 사라지는 기러기 떼는 하나둘 떨어지는 낙엽과 함께 궁궐의 쓸쓸함을 더해 준다. 관람로 변 꽃잎 떨어진 비비추·옥잠화는 생의 덧없음을 말해 주지만, 언덕 위 여기저기 피어난 노란 국화꽃은 짙은 향을 뿜으며 오가는 관람객을 반긴다.

　천고마비(天高馬肥)란 말이 무색할 정도로 하늘은 더욱 높아지고 궁궐의 풍요로움도 더해진다. 초목은 저마다 치열했던 삶의 결실을 보여 주듯 가지마다 주렁주렁 열매를 달고 때를 기다린다. 아침마다 둘러보는 가을 춘당지는 늘 새로운 신선함과 상쾌함을 느끼게 한다. 숲속에서 들려오는 은은한 산새의 지저귐, 소나무 가지에 앉아 물속을 노려보는 해오라기, 제법 성장하여 유유히 물 위를 유영하는 오리·원앙 떼는 일상에 지친 관람객에게 여유로움을 안겨 준다. 이러한 가을의 정경을 이율곡은 '화석정(花石亭)'이란 시제로 읊었다.

〈花石亭〉화석정, 이율곡(李栗谷, 1536~1584)

숲속 정자에 이미 가을이 깊어
시인의 시심은 끝이 없네.
멀리 강물은 하늘에 닿아 푸르고
서리 맞은 단풍 해를 향해 붉구나.
산 위에 둥근 달이 둥실 떠오르는데
멀리서 부는 바람은 강물이 머금네.
저 기러기는 어디로 가는지
석양 속으로 울음소리 사라지는구나.

林亭秋已滿, 騷客意無窮. 임정추이만, 소객의무궁.
遠水連天碧, 霜風向日紅. 원수연천벽, 상풍향일홍.
山吐孤輪月, 江舍萬里風. 산토고륜월, 강함만리풍.
寒鴻何處去, 聲斷暮雲中. 한홍하처거, 성단모운중.

〈春塘秋色〉 춘당추색, 2019. 8. 29. 김범중

높아진 하늘에 구름은 멀리 떠가고
숲속의 은은한 풀벌레 소리 들려오네.
연못가 상서로운 물안개 피어나니
떠나간 신선도 다시 돌아올 듯.

天高雲遠去, 林裏草蟲來. 천고운원거, 임리초충래.
瑞霧生池岸, 離仙若再回. 서무생지안, 이선약재회.

〈初秋〉 궁궐의 초가을, 2015. 9. 26. 김범중

고요한 궁궐에 아침 산새들 요란하고
물안개 가득한 연못에 물고기 아침먹이 찾네.
나뭇가지에 풍성한 열매 여전히 푸른데
성미 급한 나뭇잎은 이미 붉은 빛을 띠었네.

清晨靜闕鳥鳴嘩, 水霧充池魚泳爭. 청신정궐조명황, 수무충지어영쟁.
萬果千枝還是綠, 樹梢性急帶輕頳. 만과천지환시녹, 수초성급대경정.

물드는 단풍잎

〈白露〉백로, 2018. 9. 1. 김범중

처서 지나니 푸른 하늘 더 높아지고
처마 밑 잠자리 떼 석양을 즐기네.
짧아진 해 찬 이슬에 매미 소리 잦아드는데
해설가의 낭랑한 목소리 궁궐에 메아리치네.

處暑經過碧昊茫, 蜻蜓群集樂斜陽. 처서경과벽호망, 청정군집낙사양.
短暉冷露蟬聲菱, 解士淸音響殿堂. 단휘냉로선성위, 해사청음향전당.

〈秋蟬〉가을 매미 소리, 2015. 9. 8. 김범중

어제 밤비는 여름을 몰고 가더니
아침 바람은 가을을 몰고 오네.
하늘은 높아지고 매미 소리 잦아지는데
슬퍼 마라 목숨은 하루살이 같은 것.

夜雨驅殘夏, 晨風誘孟秋. 야우구잔하, 신풍유맹추.
天高蟬失氣, 無痛命同蜉. 천고선실기, 무통명동부.

춘당지의 가을 야경

〈秋夜景〉가을야경, 2016. 10. 18. 김범중

해 넘어가고 저녁노을 붉게 지니

별빛 몰려와 은하수 흐르네.

휘영청 밝은 달빛에 궁궐 장엄하고

청사초롱에 맑은 연못가 그윽하네.

숲속엔 풀벌레 소리 은은하고

길가엔 관람객의 즐거운 목소리.

한나절 화려했던 궁궐

한밤엔 별천지 되었네.

日落紅霞出, 星來銀漢流. 일락홍하출, 성래은한류.

月光斜殿儼, 燈火影池幽. 월광사전엄, 등화영지유.

樹下微蟲噪, 途中大客嘔. 수하미충조, 도중대객구.

半天華麗闕, 深夜武陵州. 반천화려궐, 심야무릉주.

〈晩秋〉 만추의 궁궐, 2017. 11. 28. 김범중

아침 햇살 회색 지붕에 비치고

저녁 처마 비둘기 떼 넘나드네.

서늘한 바람에 황국은 고결해지고

찬 이슬에 단풍잎 황홀해지네.

담쟁이 벽은 민낯을 가려 주는데

고요한 궁궐은 넓은 터전 드러내네.

아이들 소리 전각에 돌아올 때

시 한 수 지어 마음 달래리.

曉閃斜灰屋, 鳩群舞夕梁. 효섬사회옥, 구군무석양.

凉風黃菊潔, 冷露丹楓慌. 양풍황국결, 냉노단풍황.

蘿壁遮精面, 閑宮放廣場. 나벽차정면, 한궁방광장.

兒聲還玉殿, 覓韻慰心傷. 아성환옥전, 멱운위심상.

중국의 한나라 때 궁궐에 단풍나무를 많이 심어 궁궐을 풍신(楓宸), 풍
폐(楓階)라고 했을 만큼 궁궐의 단풍이 아름다웠다. 우리 궁궐에도 단풍
나무가 많아 창덕궁 후원(後苑)의 경우 참나무, 때죽나무 다음으로 단풍
나무가 많다. 궁궐에는 속이 빈 나무, 색이 잘 변하는 나무, 가시가 있는
나무 등은 식재를 지양한다는 속설이 있었다. 그러나 창경궁의 월근문(月
覲門)에서 관덕정(觀德亭)에 이르는 구역, 춘당지에서 북행각에 이르는
숲속에는 많은 단풍나무가 자생하고 있어 가을이 되면 만추가경(晩秋佳
景)을 이룬다. 특히 경춘전과 통명전 뒤에는 비단 병풍을 두른 듯 단풍잎
이 곱게 물들어 시름겨웠던 왕비들의 마음을 달래 주었을 것이다.

조선 제10대 임금이었던 연산군(燕山君)은 그의 행적에 어울리지 않게 유난
히 단풍과 방초를 좋아했다고 한다. 신하들에게 단풍잎을 따와서 시를 짓게
하고 시문을 논했다고 한다. 자연의 아름다움이 사람의 마음을 움직이는 것
은 예나 지금이나 다름없나 보다.

〈楓葉醉霜〉[53] 풍엽 취상, 연산군(燕山君, 1476~1506)

단풍잎 서리에 취해 요란한 색깔 짙게 하고
국화는 이슬 머금어 그윽한 향기 난만하네.
하늘의 조화 말 없는 공 알고 싶으면
가을 산 경치 구경하면 되리.

楓葉醉霜濃亂艶, 菊花含露爛繁香. 풍엽취상농란염, 국화함로난번향.
欲知造化功成黙, 須上秋山賞景光. 욕지조화공성묵, 수상추산상경광.

숲속의 단풍잎

---

53) 『燕山君日記』

〈殿楓〉통명전 단풍, 2017. 11. 김범중

꽃잎은 없지만 꽃보다 고운 모습

찾아오는 벌 나비 없지만 인적은 끊임없네.

그윽한 이슬 향기 옷깃에 맺혀

임 향한 그리움으로 피어났네.

無瓣無裝紅面開, 蝴蜂未見客頻來. 무판무장홍면개, 호봉미견객빈래.

幽深露馥凝襟末, 宮女相思憧夢哀. 유심노복응금말, 궁녀상사동몽애.

영춘헌 단풍

〈赤楓〉붉은 단풍, 2016. 11. 14. 김범중

온갖 꽃 다 지고 단풍잎 화사하게 피니
궁궐 곳곳 가을에 취한 손님들 모여드네.
방초는 수시로 피어 그윽한 향기 솟아나고
녹음은 장기간 지속되어 색상이 늘 같네.
푸른 하늘에 뭉게구름 멀어지는데
회색 기와 궁궐에는 추색이 녹아드네.
생기발랄한 잠자리 떼 정취를 더하니
봄꽃이 단풍만 못하다는 것 이제 알았네.

萬花零落樹枝紅, 處處姸姿醉客叢. 만화영낙수지홍, 처처연자취객총.

芳草隨時開馥湧, 綠陰常久持色同. 방초수시개복용, 녹음상구지색동.

靑天萬里雲頭遠, 玄瓦殿堂秋色融. 청천만리운두원, 현와전당추색융.

淸氣蜻蜓加絶景, 今知春朵不如楓. 청기청정가절경, 금지춘타불여풍.

나무의 잎은 광합성작용(光合成作用)으로 탄수화물을 만들어 나무의 각 기관에 영양분을 공급함으로 나무가 살아가는 데 절대 없어서는 안 될 필수기관이다. 그러나 날씨가 차츰 건조해지고 추워지면 엽록소가 그 역할을 다하고 색소 물질이 생긴다. 즉 엽록소에 붙어 있던 단백질이 아미노산으로 변하면서 뿌리로 옮겨 가 겨울 양식으로 저장된다. 함께 생성된 당도 뿌리로 옮겨 간다. 기온이 떨어지면 당 용액이 끈적끈적해져 뿌리에 가지 못하고 일부는 잎에 남아 붉은 색소인 안토시안과 황색 계통인 카로틴 및 크산토필로 변

한다. 단풍은 이러한 색소물질에 의해서 만들어지는데 낙엽이 떨어지는 것은 추운 겨울을 무사히 넘기기 위한 준비로, 줄기와 잎자루 사이에 떨켜를 만들어 애지중지 키워 온 몸의 일부를 과감히 제거해 버린다. 초목이 겨울을 나기 위한 생존전략의 일환이라 한다.

좀작살나무 열매

〈紫珠果〉 좀작살나무 열매, 2018. 9. 25. 김범중

아침햇살에 새벽안개 걷히니

다닥다닥 자줏빛 구슬 뽐내네.

과객들 넋 잃고 쳐다보는데

누가 영롱한 보석을 작살이라 했나?

朝陽推曉霧, 累累紫珠夸. 조양추효무, 누누자주과.

遊客丟魂見, 誰稱一木杈. 유객주혼견, 수칭일목차.

궁궐의 석양빛

〈暮色〉 석양빛, 2017. 11. 14. 김범중

간밤에 가을바람 세게 불더니

길가의 낙엽 이리저리 휘날리네.

아름답던 색깔 세월 따라 퇴색되나

황혼빛이 아침놀보다 아름답네.

昨夜西風大, 途邊落葉揚. 작야서풍대, 도변낙엽양.

靑紅隨歲退, 暮色勝晨光. 청홍수세퇴, 모색승신광.

길가의 단풍잎

〈掃落葉〉 낙엽을 쓸며, 2017. 11. 25. 김범중

혹한의 추위는 봄의 시작을 알리고
시들은 꽃은 열매를 맺고 지네.
흙으로 돌아가는 인간도
한 떨기 떨어지는 단풍잎이리.

酷冷言春始, 凋花結實窮. 혹냉언춘시, 조화결실궁.
人間廻黑土, 只是一零楓. 인간회흑토, 지시일영풍.

〈呈分司乞蠲戶米〉 쌀 빚 탕감해 달라고 관아에 바치다, 정초부
(鄭樵夫, 1714~1789)

호젓한 집을 개울가 응달에 장만하여
메추라기와 작은 숲을 나눠 가졌네.
썰렁한 부엌에는 아침밥 지을 불이 꺼졌고
쓸쓸한 방에는 새벽 서리만 들이친다.
초가삼간에는 빈 그릇만 달랑 걸려 있고
쌀 한 톨은 만금이나 나간다.
낙엽 지는 사립문에 관리가 나타나자
삽살개 짖어대는 소리 흰 구름 속으로 멀어져 가네.

幽棲寄在澗之陰, 分與鷦鷯占一林. 유서기재간지음, 분여초료점일림.
冷落山廚朝火死, 蕭條野碓曉霜侵. 냉락산주조화사, 소조야확효상침.
三椽小屋懸孤磬, 一立長腰抵萬金. 삼연소옥현고경, 일립장요저만금.
落葉柴門官吏到, 仙尨走吠白雲深. 낙엽시문관리도, 선방주폐백운심.

이 시는 영정조 시대 노비시인 정초부가 쓴 시로 알려졌다. 초가삼간에서 가난하게 살아가는 한 노비가 쌀 빚을 갚으라는 아전의 성화에 줄 것이 없어 결국 이 시를 지어 바쳤다. 이를 보고 감동한, 노비의 주인인 양반 여춘형은 노비문서를 불태워 자유신분을 얻게 해 주었지만, 호적에 등재된 신분은 어쩔 수 없었다. 문필의 힘이 때로는 질서정연한 문서보다 더 강한 힘이 있다는 것을 알려 준 시이다.

길가의 낙엽

〈玉川秋徑〉 옥천변 낙엽 길, 2020. 10. 20. 김범중

아침마다 어머니와 소통했던
다정한 옥천변 작은 오솔길.
바람에 떨어진 길가의 단풍잎
그리움처럼 나무 아래 외롭네.

朝朝逢老母, 川側小幽途. 조조봉노모, 천측소유도.
紅葉隨風落, 如憧樹下孤. 홍엽수풍락, 여동수하고.

언덕 위 들국화

〈山菊〉 산국, 2017. 10. 17. 김범중

궁궐을 수놓았던 온갖 꽃

계절 따라 숲속으로 숨었네.

서리 맞은 국화 길가에 피어나니

맑은 향기 우울한 마음 달래 주네.

萬花裝殿閣, 隨季隱深林. 만화장전각, 수계은심림.

霜菊開路畔, 淸香撫鬱心. 상국개노반, 청향무울심.

서늘한 바람 불고 하얀 서리 내려 가을이 무르익을 즈음 산자락 여기저기에
는 들국화가 결곡한 자태로 피어난다. 찬바람이 불 때 피어나는 국화는 그 존
재감이 남다르다. 국화(菊花)는 사군자(四君子)에 속할 만큼 인고와 절개의
상징에 그치지 않고 군자의 자화상으로도 읊어졌다. 서릿발 같은 추위 속에
서 홀로 꼿꼿하다는 의미의 오상고절(傲霜孤節)이란 성어가 여기서 유래된
듯하다. 고려시대의 문인 이규보(李奎報)의 시를 소개한다.

〈詠菊〉 국화를 읊다, 이규보(李奎報, 1168~1241)

서리를 견디는 자태 오히려 봄꽃보다 나은데
삼추를 지나고도 떨기에서 떠날 줄 모르네.
꽃 중에서 오직 너만이 굳은 절개를 지키니
함부로 꺾어서 술자리에 보내지 마오.

耐霜猶定勝春紅, 閱過三秋不去叢. 내상유정승춘홍, 열과삼추불거총.
獨爾花中剛把節, 未宜輕折向筵中. 독이화중강파절, 미의경절향연중.

〈藍天〉 쪽빛 하늘, 2018. 10. 18. 김범중

청사초롱에 청춘남녀 설레고
오색 단풍 시골 노인 마음 흔드네.
참새들 용마루를 즐겁게 넘나드는데
가을 해는 이미 서궁을 넘어가네.

絲燈嬉男女, 彩葉掉村翁. 사등희남녀, 채엽도촌옹.

小雀飛龍脊, 秋陽已越宮. 소작비용척, 추양이월궁.

〈老猫〉늙은 고양이, 2019. 10. 23. 김범중

솔바람이 냉기로 변하니

나무 밑에 늙은 고양이 한 마리 지쳐 있네.

주름진 노인의 입가엔 쓸쓸한 미소 지으며

바람에 굴러가는 단풍잎 우두커니 바라보네.

松風爲冷氣, 樹下老猫窮. 송풍위냉기, 수하노묘궁.

皺叟含凄笑, 佇觀悵轉楓. 추수함처소, 저관전전풍.

소나무숲

□ 한 폭의 수채화 춘당지

연못가 단풍

여름 내내 푸르름을 자랑하던 춘당지. 노랑 잎 분홍 잎 떨어져 화려하게
수면을 물들이며 주변에 물감을 흩뿌려 놓는다. 연못가 수목은 한 필의
비단을 두른 듯 화려하고 이따금 들리는 산새 소리에 추색이 짙어진다.
청사초롱 불 밝힌 한밤의 춘당지는 더욱 고즈넉하고 황홀하다. 밤마다 관
람객의 발걸음 소리와 풀벌레의 은율이 화음 되어 깊어 가는 궁궐의 가
을밤을 재촉한다. 초봄에 부화되어 태어난 아기 원앙과 오리 병아리들은
어느덧 다 자라 물가에서 노닐고, 봄에 산란한 잉어 또한 성어가 되어 물
속을 유영하니 춘당지는 더 많은 가족으로 붐빈다. 숲속에는 산수유·산
사·팥배 등 봄에 맺은 열매들이 여물어 궁궐의 아름다움과 풍성함을 더
해 준다.

그래서 그런지 이곳에 오면 두메산골이 고향인 필자는 수구초심(首丘

初心)이란 말이 실감 나며 꼭 고향에 돌아온 느낌을 받는다.

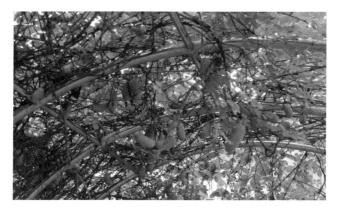

숲속의 으름 열매

〈彩池〉오색 물결, 2018. 10. 26. 김범중

연못가 물안개 피어오르고

옅은 햇살 나무 사이 비추네.

신선들 아직 오지 않았는데

잔잔한 물결은 누가 물들였나?

曉霧生池岸, 朝陽隔樹通. 효무생지안, 조양격수통.

神仙還不到, 誰染水波紅. 신선환부도, 수염수파홍.

춘당지의 가을

〈神仙〉 신선, 2018. 10. 27. 김범중

아침 새 오색 숲속에서 지저귀고
물속의 잉어는 청산을 노니네.
아침마다 흰옷의 산보하는 그대
어찌 신선이 아니라고 할 수 있으랴.

曉鳥穿林裏, 鯉魚樂水岍. 효조천임리, 이어락수견.
白衣朝客逍, 何以不神仙. 백의조객소, 하이부신선.

아침 산책하는 원앙

⟨秋朝⟩ 춘당지의 가을 아침, 2017. 11. 18. 김범중

차가운 이슬 가지에 맺혀 빛나는데

짙은 안개 연못을 덮어 몽롱하네.

아침 해 궁궐 위에 떠오르는데

새벽달은 서산으로 사라지네.

기러기 떼 푸른 하늘 날아가고

외로운 백로는 고궁 연못을 지키네.

시인이 때로는 세월 가는 것조차 잊어

묘운이 저절로 통하네.

冷露沾枝閃, 濃煙蓋水朧. 냉로점지섬, 농연개수롱.

朝陽昇殿上, 曉月沒山中. 조양승전상, 효월몰산중.

衆雁飛靑昊, 孤鷺守古宮. 중안비청호, 고사수고궁.

騷人時忘歲, 妙韻自然通. 소인시망세, 묘운자연통.

뱃머리의 한 마리 백로

〈休日春塘〉 휴일의 춘당지, 2020. 11. 20. 김범중

단풍과 청사초롱 함께 달맞이하는데

수면엔 한 폭의 수채화 펼쳐지네.

서루에 지는 가을볕 안타까운데

청춘 남녀 손잡고 못가를 거니네.

楓燈偕賞月, 彩畫水中開. 풍등해상월, 채화수중개.

西閣秋陽惜, 靑春結手徘. 서각추양석, 청춘결수배.

〈杜梨〉 팔배나무, 2020. 3. 12. 김범중

다섯 꽃잎 아름다운 얼굴

색깔은 배꽃처럼 희네.

향은 없지만 붉게 익은 열매 속엔

고려 신하의 충정이 서려 있으리.

五葉容顔秀, 如梨色皓然. 오엽용안수, 여이색호연.

無香紅果裏, 濃抱室臣銓. 무향홍과리, 농포실신전.

꽃잎은 배꽃과 비슷하고 열매는 팥과 같다고 해서 팥배나무라 한다. 한자로는 감당(甘棠) 또는 두이(杜梨)이다.

"이성계가 역성혁명을 일으켜 조선을 세우자 고려 충신 72명은 지조를 지켜 새 왕조의 회유를 끝까지 거절하였다. 온갖 압력과 회유를 뿌리치고 개성의 송악산 아래 팥배나무가 많은 두문동 깊은 곳에 은거하자 태조가 불을 질러 모두 죽게 했다는 기록이 있다. 여기서 두문불출(杜門不出)이라는 성어가 유래되었다고 한다."[54]

---

54) 『감동이 있는 나무 이야기』 p. 296.

단풍잎 화려한 회잎나무

춘당지의 아침 단풍

□ 성군의 요람 경춘전

대비의 희로애락이 배어 있는 경춘전

경춘전(景春殿)의 경춘은 볕 경(景), 봄 춘(春) 자를 써서 '햇볕 따뜻한 봄'이라는 뜻으로 풀이된다. 환경전이 남향한 것과 달리 동향으로 입향 해서 서로 직각을 이룬다. 당초 소혜왕후(昭惠王后)의 처소로 지었으나 주로 왕비들의 생활공간으로 사용되었다. 뒤로 화계가 둘러쳐 있어 봄에는 꽃이 만발하고 가을에는 단풍잎 화사하게 물들어 사계절 화려한 풍광을 자랑한다. 조선 중기 중흥을 일으켰던 군주 정조(正祖)는 1752년(영조 28년) 가을이 무르익던 10월에 경춘전에서 태어났다. 영조의 첫째 손자인 의소세손(懿昭世孫)과 헌종도 이곳에서 태어났다. 한편 성종의 생모 소혜왕후, 숙종비 인현왕후, 정조의 생모 혜경궁 홍씨가 이곳에서 승하했다. 이처럼 경춘전은 대비나 왕비가 거처하거나 세자빈이 회임하여 머물러 있다가 왕자를 낳는 등 주로 왕실 여성들의 희로애락이 깃든 공간이었다.

단청이 화려한 이 전각은 임진왜란으로 전소되었다가 광해군 대에 복구되었다. 그 후 이괄의 난, 순조 시 화재 등으로 다시 소실되었다 재건되어 현재에 이른다. 그러나 일제가 내부를 훼손하여 도칠기류를 비롯한 각종 전시장으로 활용된 아픔을 안고 있다. 현판은 순조(純祖)의 어필이다.

윤집궐중 편액

경춘전 내부 벽에는 왕세자가 썼다고 전해지는 예필 '윤집궐중(允執厥中)'이란 편액이 걸려 있다. 이는 고대 중국의 전설상 왕조인 삼황오제(三皇五帝)시기에 요(堯) 임금이 신하인 순(舜)에게 왕위를 물려주며 당부한 말로 중용지도(中庸之道)를 중시하라는 의미라고 한다.

경춘전기 편액

경춘전 실내에는 정조가 지은 경춘전기(景春殿記)란 편액이 벽 중앙에 걸려 있다. "정조는 이 글에서 부친 사도세자가 경춘전에 거처했던 사실, 자신이 아버지가 용꿈을 꾸고 난 다음 날 태어난 일을 기록했다. 또한 어버이에 대한 사모의 정 등을 밝히고, 탄생전(誕生殿) 세 글자를 써서 문미(門楣)에 걸고 기문(記文)을 썼다고 적었다. 또한 집을 수리하지 않고 서까래 몇 개만 교체했는데 이는 옛 모습을 남겨 추모하는 감정이 깃들게 하려고 했다고 적고 있다."[55]

경춘전의 서편에는 사도세자의 비극 후 혜경궁 홍씨가 거처하였던 작은 전각인 가효당(佳孝堂)이 있었다. 영조가 임오화변 후 가효당에 와서 혜경궁 홍씨를 위로하며 '가효당(佳孝堂)'이라는 현판을 써서 달게 했다고 한다. 혜경궁 홍씨가 자경전(慈慶殿)으로 거처를 옮기기 전까지 이곳에 머물렀음을 알 수 있다.

또한 경춘전 앞에는 왕실의 연회가 자주 열렸던 인양전(仁陽殿)이 있었고 함인정 옆에는 세조비 정희왕후(貞熹王后)를 위해 지었다고 추정되는 수녕전(壽寧殿)이 있었다고 한다. 지금은 그 흔적을 찾아볼 수 없다.

〈仁粹大妃〉 인수대비, 2019. 10. 21. 김범중

따뜻하고 부드러운 규수로서 경륜을 공부했어도
추상같은 기품으로 대궐 호랑이 되었다네.

---

55) 『궁궐지 2』 p. 37 참고.

효자 아들 총명하여 태평성국 이루었지만

패륜의 손자는 재앙을 부렸다네.

溫柔閨秀學經倫, 氣稟秋霜爲闕寅. 온유규수학경륜, 기품추상위궐인.

孝子聰明成盛國, 悖孫不覺作災宸. 효자총명성성국, 패손부각작재신.

인수대비(1437~1504)는 소혜왕후(昭惠王后)라는 시호보다 인수대비(仁粹
大妃)로 더 알려졌으며 파란만장한 생을 살다 간 왕실의 여성이며, 여성 지식
인이다. 조선 제9대왕 성종의 어머니이자 폭군으로 알려진 연산군의 할머니
이다. 인수대비는 시아버지 세조가 왕위에 오르는 것을 몸소 지켜보았고, 남
편의 죽음으로 잃어버린 왕비 자리를 대신해 자신의 둘째 아들을 왕으로 만
들면서 대비의 자리에 오른 입지전적인 여성이다. 『내훈(內訓)』이라는 여성교
육서를 만들어 왕실의 내명부를 엄격히 다스린 인물이었다.

〈仁陽殿址〉 인양전 터, 2019. 10. 3. 김범중

군왕이 연회를 자주 베풀던 곳

흔적은 없고 한 그루 노송이 서 있네.

풍악 소리는 멀리 사라지고

온종일 오작 소리만 요란하네.

主上開多宴, 無痕有一松. 주상개다연, 무흔유일송.

歌興離去遠, 終日烏鵲衝. 가흥이거원, 종일오작충.

인양전(仁陽殿)은 지금의 함인정 자리에 있었던 전각으로 창경궁 창건 시 왕실의 연회를 위한 목적으로 지었다. 인수대비가 이곳에서 친족에게 자주 잔치를 열었으며 연산군은 창기와 유희들을 불러들여 각종 연회를 베풀었다고 한다. 연산군은 조선 제10대 임금으로 많은 사류를 죽인 무오사화(戊午士禍)를 일으키고 생모 윤 씨의 폐출에 찬성했던 윤필상 등 수십 명을 살해했다. 경연을 없애고 사간원을 폐지하는 등 비정이 극에 달했다.

어머니의 죽음이 부왕의 후궁 엄소용, 정소용의 무고 때문이라 생각하여 직접 그들을 죽였으며, 또한 할머니 인수대비 때문이라고 하여 인수대비에 대한 행패가 심하여 결국 죽음에 이르렀다.

이러한 연산군의 폭정과 패륜이 아이러니하게도 선왕인 아버지가 지극한 효심으로 지은 창경궁의 인양전을 중심으로 이루어졌다. 결국 성희안·박원종 등이 주도한 반정에 의해 쫓겨나 강화도 교동으로 유배되어 그해에 죽었다.

〈暴君燕山〉 **연산군의 폭정**, 2020. 1. 2. 김범중

선왕의 적손으로 성군의 자질 있었으나
어머니 사연 알고 갑자기 폭군이 되었다네.
전각의 가무 소리 지각을 흔들고
형장의 신음 소리 하늘을 찔렀으리.
숲속의 산새 숨죽여 흐느끼고
동산의 꽃들도 눈물을 뿌렸으리.
부왕의 뜻은 사라지고 원성만 높아지니
하늘은 반정을 일으켜 조정을 바로 세웠다네.

先王嗣嫡慧根丕, 得說廢妃爲桀紂. 선왕사적혜근비, 득설폐비위걸주.

殿閣舞歌搖地散, 刑場絶叫刺天危. 전각무가요지산, 형장절규자천위.

林中野鳥無聲啼, 後苑花兒有淚漓. 임중야조무성제, 후원화아유누리.

父志曾離唯怨大, 民心使伍矯朝宜. 부지증리유원대, 민심사오교조의.

* 걸주(桀紂)는 중국 고대 하(夏)나라의 마지막 임금 걸(桀) 왕과 상(商)나라의 마지막 임금
주(紂) 왕을 이르는 말로, 중국 역사상 가장 포악한 군주의 상징으로 알려졌다.

연산군과 장녹수(張綠水)는 서로 사랑했을까?

역사적으로 왕을 가지고 놀아난 여인의 이야기가 많은데 조선의 장녹수도 그
중 한 사람이다. 장녹수는 노비 신분으로 왕의 후궁까지 올라간 여인이었다.
『연산군일기』[56]에 "김효손(金孝孫)을 사정(司正)으로 삼았다. 김효손은 장녹
수의 형부이고 장녹수는 제안대군(齊安大君)의 가노(家奴)였다. 성품이 영리
하여 사람의 뜻을 잘 맞추었는데, 처음에는 집이 매우 가난하여 몸을 팔아서
생활했고 시집을 여러 번 갔다. 제안대군의 노비와 결혼하여 아들을 낳은
후 노래와 춤을 배워 창기가 되었는데 노래를 잘해서 입술을 움직이지 않아
도 소리가 맑아서 들을 만하였으며, 30세에도 16세 정도로 보일 정도로 동안
이었다고 한다. 왕이 듣고 기뻐하여 궁중으로 맞아들였는데, 이로부터 총애
함이 날로 융성하여 말하는 것은 모두 좇았고 숙원(淑媛)으로 봉했다. 얼굴은
중인(中人) 정도를 넘지 못했으나, 남모르는 교사(巧詐)와 요사스러운 아양은
견줄 사람이 없으므로, 왕이 혹하여 상사(償賜)가 거만이었다. 부고(府庫)의

---

56) 『연산군일기』 47권. (연산 8년 11월 25일): 以金孝孫爲司正. 孝孫 張綠水姊夫, 綠水
齊安大君家婢也. 性慧, 善候人意. 初貧甚, 賣身以食. 嫁夫無節, 爲大君家奴妻, 生一
子. 後學歌舞爲娼, 善歌不動脣齒, 其聲淸亮可聽. 年三十餘, 貌如二八兒. 王聞而悅之,

재물을 기울여 모두 그 집으로 보냈고 금은주옥(金銀珠玉)을 다 주어 그 마음을 기쁘게 해서, 노비·전답·가옥 또한 이루 다 셀 수 없었다. 왕을 조롱하기를 마치 어린아이 대하듯 하였고, 왕에게 욕하기를 마치 노예처럼 하였다. 왕이 비록 몹시 노했다 하더라도 장녹수만 보면 기뻐하여 웃었으므로, 상을 주고 벌을 주는 일이 모두 그의 입에 달렸다."라고 적혀 있다.

〈綠水愛〉 녹수의 사랑, 2020. 9. 김범중

달기와 걸왕이 몽환적 사랑에 빠지니

풍전등화처럼 조정은 치마폭에 싸였네.

국정의 농단과 사치가 극에 달하니

하늘은 벌을 내려 이들을 징벌했다네.

妲己桀王沒愛中, 似風前燭帔危宮. 달기걸왕몰애중, 사풍전촉피위궁.

驕奢放恣曾到極, 天帝使人下紉終. 교사방자증도극, 천제사인하인종.

* 달기(妲己)는 중국 고대 상(商)나라의 마지막 임금 주왕의 애첩으로 중국 역사상 가장 음란하고 잔인한 독부(毒婦)로 알려졌다. 주왕은 학정(虐政)을 간하는 현신(賢臣)의 말은 듣지 않고 달기의 말만 들었다고 한다. 주왕과 달기는 사람들에게 잔인한 형벌을 가하는

遂納焉. 自是, 寵愛日隆, 所言皆從, 封淑媛. 容色不踰中人, 而陰巧妖媚, 莫有比者. 王惑之, 賞賜鉅萬, 傾府庫財物, 盡歸其家; 竭金銀珠玉, 以悅其心. 奴婢田宅, 亦不可勝計. 操弄王如嬰兒, 戲辱王如奴隷. 王雖盛怒, 見綠水則必喜笑, 賞刑皆在其口.

것을 즐겼고, 방탕한 생활을 탐닉했다. '주지육림(酒池肉林)'이란 성어는 연못을 술로 채우고 고기를 숲처럼 매달아 놓고 즐기던 주왕과 달기의 방탕하고 사치스러운 유흥행위에서 유래되었다고 한다.

백당나무 열매

□ 피는 꽃 지는 꽃

비빈의 애환이 서린 통명전

경춘전 우측에는 가을이 되면 유난히 화계의 단풍이 아름다운 통명전(通明殿)이 있다. 통명전은 창경궁의 전각 중 규모가 가장 크며 내전(內殿)의 중심전각이다. 뒤에는 서북 방향으로 높은 언덕이 가로막고 있으며, 언덕 너머에는 후원의 울창한 숲이 펼쳐진다. 건물이 들어선 위치로 보아 가장 깊숙한 곳이면서 안온한 곳이다. 터가 남향해 있기 때문에 볕이 잘 들고 앞이 트여 있어서 바람도 잘 통한다. 통할 통(通) 자, 밝을 명(明) 자에 걸맞은 집터라 하겠다.

통명(通明)은 '통달하여 밝다'는 의미이다. 아울러 '옥황상제의 궁전'이란 의미도 있다. 크게 밝은 전각에 앉아서 나라를 반석 위에 올리고, 백성을 오래도록

잘 길러 달라는 염원이 담겨 있다고 할 것이다. 정창백(鄭百昌, 1588~1635)은
「통명전상량문(通明殿上樑文)」에서 크게 밝은 집[大明宮]으로 풀이했고, 숙종
은 「통명전시(通明殿詩)」에서 신선의 전각으로 풀이했다. 북경에 있는 대자연
복궁(大慈延福宮)의 중전(中殿)도 통명전이다.[57]

통명전은 창덕궁의 대조전(大造殿)과 마찬가지로 용마루가 없는 무량
각(無樑閣)이다. 이괄의 난으로 소실되었다가 인조 때 당시 청기와였던
"인경궁(仁慶宮)의 청와전(靑瓦殿)을 헐어 옮겨 지었으므로"[58] 통명전은
정조 대(代)의 화재로 인하여 소실될 때까지 창경궁의 유일한 청기와 건
물이었다.

지붕에 용마루가 없는 전각은 창경궁의 통명전 외에 창덕궁의 대조전(大造
殿), 경복궁의 강녕전(康寧殿)과 교태전(交泰殿)이 있다. 지붕에 용마루가 없
는 이유는 여러 가지 추측이 있지만, 가장 흔한 이야기는 왕의 침전에 이미
용을 상징하는 왕이 있으니 지붕에 또다시 왕을 상징하는 용마루를 둘 수 없
다는 것이다. 근거가 있는 것은 아니다.

통명전은 주로 왕대비의 침전으로 사용되었지만 중종과 명종비 인순왕
후(仁順王后)의 빈전으로 사용된 적이 있고, 경종은 편전으로 사용하기도
하였다. 또한 대비를 위한 각종 의식을 행하거나 연회를 여는 장소로도
적극 활용되었다. 지금도 전면의 넓은 마당과 월대에서 고궁음악회 등 다

---

57) 『궁궐의 현판과 주련 2』 p. 308.
58) 『창경궁의 건축과 인물』 p. 53.

양한 궁궐의 행사가 열린다. 특히 궁중문화 축전기간 중 행하는 각종 야간 행사는 환상적이며 많은 관람객이 운집한다.

통명전 주변에는 여러 부속 건물이 있었는데 서쪽에는 인조의 계비 인열왕후(仁烈王后)가 승하한 여휘당(麗輝堂)과 왕실 여성들의 잔치를 열었던 연희당(延禧堂)이 있었다. 연희당에서 혜경궁 홍씨의 환갑 생일잔치를 열었으며, 동남쪽에 그 부속 건물인 연경당과 연춘헌·채원합 등이 각각 담장과 어우러져 빼곡히 들어차 있었다. 지금은 몇 그루의 노송이 그 자리를 지키고 있다.

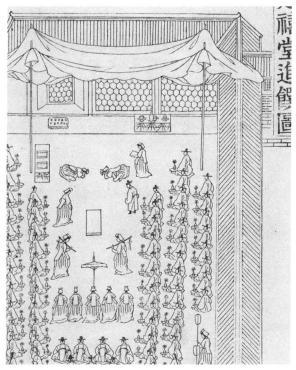

〈혜경궁 홍씨 진찬도〉(출처: 원행을묘정리의궤)

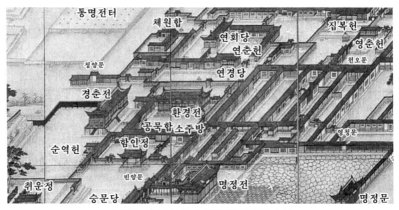
〈동궐도〉(출처: 문화재청 창경궁 관리소)

숙종은 창경궁의 여러 전각에 대한 시문을 남겼는데 통명전에 대해서는 「통명전시(通明殿詩)」가 전해 온다. 또한 영조가 통명전에서 베풀어진 연회를 보고 지은 시 「통명전진연일시(通明殿進宴日詩)」가 있다.

〈通明殿詩〉[59] 통명전시, 숙종(1662~1720)

자줏빛 기운과 향기로운 연기 빛을 둘러싸니
임금의 옷이 궁전 중앙에 깊이 드리워졌구나.
여러 선녀가 춤추며 천자를 향해 만세 부르고
수만 송이의 붉은 구름 옥황상제를 옹위하는구나.

紫氣香煙繞曙光, 袞衣深拱殿中央. 자기향연요서광, 곤의심공전중앙.

---

59) 『궁궐지 2』 p. 47, p. 95.

列仙踏舞嵩呼地, 萬朶彤雲擁玉皇. 열선답무숭호지, 만타동운옹옥황.

〈通明殿進宴日詩〉 **통명전진연일시, 영조(1694~1776)**

억울한 심정 몇 해이던가
높은 궁전에 큰 연회가 열렸구나.
교묘한 춤과 청아한 노래 속에
뭉게뭉게 조화로운 기운이 나오는구나.

幾年抑鬱志, 高殿大宴開. 기년억울지, 고전대연개.
妙舞淸歌裡, 靄然和氣來. 묘무청가리, 애연화기래.

〈宮松〉 **통명전 앞 노송, 2016. 7. 19. 김범중**

왕비의 침전을 지키는 두 그루 노송
꿈틀꿈틀 승천하는 용 같구나.
인현왕후 기다리다 지쳐서
붉은 비늘 두껍게 되었다네.

兩松看寢殿, 曲曲似天龍. 양송간침전, 곡곡사천룡.
待妃增累着, 紅皮改變襛. 대비증누착, 홍피개변농.

〈夏夜音樂會〉 여름밤의 고궁 음악회, 2017. 8. 20. 김범중

달빛과 청사초롱 천지를 밝히는데
고금의 가락은 백년을 넘나드네.
가무가 일체를 이루니
비빈과 임금이 함께 춤을 추는 듯.

絲燈明月照坤乾, 今古雅音通百年. 사등명월조곤건, 금고아음통백년.
旋舞歌聲成一體, 妃嬪聖主若同躔. 선무가성성일체, 비빈성주약동선.

* 2017. 8. 한밤 고궁음악회를 관람하며 지은 시.

〈望徒鋼絲〉 외줄타기 곡예를 보며, 2017. 9. 20. 김범중

패랭이 모자에 한 손에 부채 들고 외줄 타며
구름에 오를 듯 땅에 닿을 듯 신들린 모습.
날렵한 몸짓 허장성세 궁궐을 뒤집어 놓으니
소나무 위 청솔모는 머리 숙여 도망가네.

執扇着帽踏單絲, 下地上空爲妙姿. 집선착모답단사, 하지상공위묘자.
豪勢虛言飜大殿, 樹枝松鼠底頭馳. 호세허언번대전, 수지송서저두치.

* 2017. 8. 궁중문화축전 중 행사를 관람하며 지은 시.

　통명전 서쪽에 통명전과 인접해 남북으로 길게 네모난 연못이 있다. 가운데에 동서를 가로지르는 돌다리가 있고, 주변은 정교하게 장식한 돌난간이 둘러 있다. 연지의 서남쪽에는 장춘각(長春閣)이라는 건물이 있었는데 현종비 명성왕후(明聖王后)가 자주 찾아와 연지를 바라보곤 했다고 한다. 또한 연지 북쪽 화계 아래에 영조가 이름 지었다고 하는 열천(洌泉)이라는 샘이 있다. 이 샘은 인공적으로 둥글게 돌로 다듬어 만들었고 여기서 솟아나는 물이 연지로 흘러간다. 통명전의 열천은 경희궁의 태령전(太寧殿) 뒤 영열천(靈洌泉), 창덕궁 후원 대보단(大報壇)의 열천과 함께 조선조 궁궐 내 3대 열천으로 알려진 곳이다.

열천

연못 서편에 있었던 장춘각에서 숙종은 제영시(題詠詩)란 시제로 한가로운
연못가의 정취를 읊었다.

〈題詠詩〉 제영시, 숙종(1662~1720)

봄날 아름다운 복숭아 정말 불타는 듯하니
그림 같은 누각에 갈 때마다 이리저리 소요하게 되누나.
때로 맑은 창 대하며 아름다운 거문고를 타니
기운이 맑아지고 기분이 좋아져 세상근심 사라지노라.

春日夭桃正灼灼, 每臨畵閣任逍遙. 춘일요도정작작, 매임화각임소요.
玉琴時對晴窓弄, 氣曠神怡世慮消. 옥금시대청창농, 기광신이세려소.

숙종(肅宗)은 조선 제19대 왕으로 현종의 외아들이며 어머니는 명성왕후 김
씨이다. 비는 인경왕후(仁敬王后), 인현왕후(仁顯王后), 인원왕후이며, 희빈
장씨에서 두 아들, 숙빈 최씨에서 세 명의 아들을 두었다.

조선 27명의 왕 중 장자가 왕위에 오른 임금은 문종·단종·연산군·인종·현종·숙종 등 6명이다. 대부분 단명하거나 병약하여 오래 재위하지 못했다. 그러나 숙종은 남인과 서인 간의 붕당정치가 치열한 가운데에서도 어린 나이에 왕이 되었다. 정통성을 기반으로 수렴청정(垂簾聽政)을 거치지 않은 왕이었고 영조에 이어 재위 기간이 두 번째로 긴 왕이었다. 붕당을 교묘히 이용하여, 이른바 환국 정치(換局政治)[60]로 왕권을 강화하여 임진·병자 양란 후 부국강병의 민생 회복 정치로 국가의 기반을 굳건히 한 왕이다. 숙종의 환국 정치는 세상은 돌고 돌아 양지가 음지 되고 음지가 양지되어 결국 갑과 을의 순환되는 이치를 깨닫고 그에 순응하는 정치를 시현한 것은 아닐는지.

〈冬蓮池〉 겨울 연지, 2017. 12. 18. 김범종

열수 맑은 물 한결같이 흘러가던

통명전 서쪽의 아담한 연못.

비바람에 낙엽 떨어지고

눈서리 내려 새소리도 사라졌네.

화려했던 연꽃 사라지고

오래된 진흙만 쌓여 있네.

---

60) 숙종 대에는 붕당 간의 정치적 대립을 의미하는 이른바 당쟁의 중심에 있던 시대이다. 숙종연간 왕권이 국정을 주도하면서 신권(臣權)을 통제하고 견제하기 위한 수단으로 이용되었다. 즉 갑인 환국으로 남인의 지지를 받은 장희빈 등장, 경신환국으로 서인이 집권하며 장희빈 폐출 인현왕후 등장, 기사환국으로 남인이 집권하며 인현왕후 폐출, 갑술환국으로 인현왕후 재등장 장희빈이 폐출되어 사약을 받았다.

인정 많은 인현왕후 억울하게 폐위되었는데
욕심 많은 장희빈은 즐거워했다네.

冽水如前淌, 西邊有小池. 열수여전창, 서변유소지.
雨風楓葉落, 霜雪鳥聲衰. 우풍풍엽락, 상설조성쇠.
美麗蓮花去, 腐朽粘泥茨. 미려연화거, 부후점니자.
人情仁顯鬱, 貪欲禧嬪嬉. 인정인현울, 탐욕희빈희.

　궁녀였던 장옥정은 숙종의 눈에 들어 후궁이 되었고 왕자 윤(昀)을 출
산하여 희빈의 자리에 올랐다. 격심한 당쟁의 와중에 윤을 세자로 책봉하
는 과정에서 서인을 배제하고 인현왕후 민씨를 폐위하였다. 또한 서인이
민 씨를 복위하는 과정에서 남인을 제거하고 왕비가 되었다가 강등된 장
희빈은 인현왕후를 저주하기 위해 통명전 주위에 요물을 묻었다가 발각
되어 취선당(就善堂)에서 사약을 받았다. 국왕과 정치 세력들 간 권력관
계의 변화 속에 그 중심에 섰던 장희빈과 인현왕후, 그들의 대립을 보여
주는 일련의 사건이 창경궁을 중심으로 전개되었다.

　조선 시대 당쟁(黨爭)의 역사를 간략히 살펴보면 본격적으로 당쟁이 태
동된 시기는 제9대 임금인 성종 대부터이다. 성종은 세조의 집권 공신인
훈구파(勳舊派)의 틈바구니에서 왕위에 올랐다. 성종은 훈구파의 세력을
약화하고 왕권을 강화하기 위해 사림파(士林派)를 등장시켜 양자를 대결
구도로 만들었다.
　성종의 장남으로 등극한 연산군은 아버지가 이룩한 정치적 안정을 기

반으로 초기에 안정된 왕권을 유지하였으나, 무오사화(戊午士禍)와 갑자사화(甲子士禍)를 일으켜 정치적으로 타격을 받았다. 결국 박원종·성희안·유순정 등 훈구파에 의한 반정(反正)으로 몰락하게 되었다.

훈구파에 의한 반정으로 왕위에 오른 중종(中宗)은 사림파 출신 조광조(趙光祖)를 중용하여 훈구파를 견제하고, 왕권 강화를 꾀하였다. 이때 처음으로 사림파정권이 등장했는데, 조광조의 급진적인 개혁정책은 차츰 중종의 뜻에서 멀어졌다. 결국 조광조의 이상향은 막을 내리고, 1520년 '함부로 국정을 농단했다'는 죄목으로 처단되었다.

중종 사후 명종(明宗) 대에는 소위 대윤(大尹)과 소윤(小尹) 시대라고 하는데 소윤을 앞세운 훈구파 문정왕후(文定王后)의 수렴정치 시기였다. 그 후 명종의 친정으로 다시 사림파의 시대가 열리며, 선조(宣祖)의 등극으로 사림파가 완전히 정권을 장악하게 되었다. 이때부터 국정의 운영은 사림파가 주도하게 되었고 결국 조선 전기 200년은 훈구파가, 후기 300년은 사림파가 지배한 셈이다.

그러나 세력이 비대해진 사림파는 집권 15년 만에 동인(東人)과 서인(西人)으로 분파되었다. 초기에는 동인이 집권했으나 광해군의 세자책봉 문제로 남인(南人)과 북인(北人)으로 분열되었다. 또한 북인은 임진왜란이 끝날 무렵인 1598년에 대북(大北)과 소북(小北)으로 갈라졌다. 대북은 1608년 광해군 즉위와 함께 집권세력이 되었다가 광해군의 몰락과 함께 정계에서 사라졌다. 이어 서인이 집권당이 되었으나 2차 예송 논쟁 시 정권은 남인에게 넘어갔다.

이러한 상태에서 등극한 숙종은 당쟁을 교묘히 이용해 특정 정파가 절대권력을 갖지 못하도록 엄격히 견제했다. 즉 환국 정치를 시현해 한 당파의 독주를 견제하고 왕권을 강화해 나갔다. 기사환국(己巳換局)으로 재집권한 남인은 인현왕후(仁顯王后)의 복위 운동을 탄압하고 서인을 숙청하려 하자 숙종은 남인을 배척하고 서인의 손을 들어 주며, 남인의 지지를 받고 있는 장희빈에 사약을 내렸다. 이로써 남인은 정계에서 퇴출되어 정국은 서인 천하가 되었다. 그러나 서인은 곧 노론과 소론으로 분열되어 노론의 우세 속에 영조가 왕위에 올랐다.

영조는 즉위하자 당쟁의 폐해를 극복하고자 탕평정책(蕩平政策)을 펴서 성공한 군주이다. 이후 정조가 1800년에 죽고 세도정치가 대두되기까지 당파 간의 커다란 정쟁은 없었다.[61]

탕평(蕩平)은 당파 간의 정치적 대립과 분쟁 없이 소융(消融)·보합(保合)을 이룬 상태를 말한다. 고대 중국의 역사서인 『서경』「홍범」편의 '無偏無黨 王道蕩蕩 無黨無偏 王道平平(치우침이 없으면 왕도가 탕탕하고 평평하다)'에서 나온 말이다.[62]

---

61) 김종성. 『당쟁의 한국사』. 2017. 을류문화사. p. 188~p. 240 참고.

62) 『한국고전용어사전』

겨울

□ 동면, 다시 봄을 꿈꾸다

눈 덮인 산수유 열매

뒤늦은 단풍잎이 다 떨어지기도 전에 이따금 찬바람 불며 눈발이 휘날
리면 어느덧 한해도 마지막 계절의 문턱을 넘는다. 초봄에 새싹 돋아나고
여름에 푸르름을 자랑하던 초목들, 가을에 궁궐을 화려하게 수놓으며 나
뭇잎을 떨구어 낸다. 나뭇잎은 대부분 가을에 생을 마감하지만 그 애절함
은 겨울에 더하다. 한겨울을 보내기 위해 모체는 모든 잎을 다 떨쳐 내고
홀가분하게 동면하려 한다. 그러나 아직 힘이 남아 있는 나뭇잎은 끝까지
달라붙어, 마치 부모의 그늘에서 함께 살아가려고 고집하는 철부지 자식
처럼 떨어지지 않으려고 애쓴다. 그러나 엄정한 자연은 결국 눈비를 내려
모든 잎을 떨구어 버린다. 궁궐은 더욱 넓어진 듯 시야가 트이고 이따금
서쪽 하늘에 기러기 행렬이 장관을 이룬다. 해설사의 낭랑한 목소리만 간
간이 들릴 뿐 궁궐은 고요하다. 얼음 속을 흐르는 옥천의 가는 물줄기는

한줄기 생명수가 되어 고요한 궁궐을 가로질러 흐른다.

옥천교의 서수(瑞獸)는 추위에 더욱 웅크리고 앉아 오가는 손님을 맞고 보내며, 다리 밑의 귀면(鬼面)은 일그러진 얼굴을 더욱 찌푸린다. 세상의 애달팠던 사연과 모든 영욕을 덮어 버리듯, 함박눈이 소복이 내리면 궁궐은 은장소리(銀裝素裏)에 빠져든다. 하얗게 백설이 뒤덮은 연못은 마치 그림을 그리기 위해 화선지를 펼쳐 놓은 듯, 떡시루에 흰 쌀가루를 뿌려 놓은 듯 눈부시다. 청명한 날 유리알처럼 얼어붙은 춘당지의 빙면(氷面)은 어린 시절 마을 앞 냇가에서 팽이치고 얼음지치기했던 두메산골 친구들을 생각나게 한다.

그러나 자연이 순환되는 이치에 따라 어둠이 지나면 새벽이 오고, 꽃이 지면 다시 피어나듯 궁궐은 조용히 동면에 들어가 새 생명을 위한 에너지를 축적한다. 하늘이 내린 천혜의 방한을 하며 선대 대대로 내려온 성은을 이불 삼아 새로운 꿈속으로 빠져 들어간다. 얼어붙은 땅속에서, 산자락의 나뭇가지 끝에서는 추위를 감내하며, 새 생명의 태동을 위한 몸부림과 아우성이 감지된다. 그렇게 연륜은 또 한 해를 더하게 된다.

조선 중기의 문신 정수강(丁壽崗)은 그러한 정서를 이렇게 표현하였다.

〈仲冬夜聞雨聲〉[63] 한겨울밤에 빗소리를 듣다, 정수강(丁壽崗, 1454~1527)

겨울밤에 잠 못 들고 한 밤중을 지새는데

---

63) 『月軒集卷之一』

찬 빗소리 따라 절로 근심 걱정 생겨나네.
내일 아침 일어나서 귀밑머리 바라보면
흰 눈 같은 머리카락 얼마나 더 늘었을까?

不寐過三夜, 愁從冷雨生. 불매과삼야, 수종냉우생.
明朝看我鬢, 白雪幾添莖. 명조간아빈, 백설기첨경.

눈 내리는 옥천교

〈宮雪〉 궁궐에 내린 눈, 2017. 12. 10. 김범중

설화가 나목에 피어나니
기와에도 궁궐의 상서로움 충만하네.
순백의 색깔 온 세상 가득하니
혼연한 형상 내 마음 같네.

雪花開裸木, 瓦片瑞機深. 설화개나목, 와편서기심.

純白滿天下, 渾然似我心. 순백만천하, 혼연사아심.

영춘헌 앞 설원

〈雪〉[64] 눈, 김병연(金炳淵, 1807~1863)

하늘 임금 돌아가셨나 사람 임금 돌아가셨나
푸르던 온갖 나무 모두 소복 입었네.
내일 아침 해님에게 조문오라 시킨다면
집집마다 처마 끝엔 눈물 뚝뚝 떨어지리.

天皇崩乎人皇崩, 萬樹靑山皆被服. 천황붕호인황붕, 만수청산개피복.
明日若使陽來弔, 家家簷前淚滴滴. 명일약사양래조, 가가첨전루적적.

---

64) 권영한. 『김삿갓시 모음집』. 전원문화사. 2013. p. 164.

김삿갓(金炳淵)의 시로 눈 오는 날 풍경이 선하게 그려지는 한 편의 동화 같은 시이다.

흰옷 입은 서수

〈瑞獸〉옥천교의 서수, 2017. 12. 22. 김범중

비가 오나 눈이 오나 기쁘나 슬프나
헐벗은 채 묵묵히 앉아 있는 녀석.
추운 날씨에도 다리 위에 꿇어앉아
천년의 병사 되어 궁궐을 지키네.

雨雪而悲喜, 裸身不動驚. 우설이비희, 나신부동경.
寒天橋上跪, 千歲殿宮兵. 한천교상궤, 천세전궁병.

〈鷾鳥絶叫〉 딱따구리의 절규, 2017. 2. 12. 김범중

딱딱딱 조용한 새벽을 꿰뚫는 소리
날마다 궁궐의 아침을 여네.
오직 부리로 나무 쪼며 먹이를 찾는데
게으름뱅이 고양이는 관람객만 쳐다보네.

硻硻穿靜曉, 日日解宮晨. 갱갱천정효, 일일해궁신.
唯咮啄硬樹, 懶猫只向賓. 유주탁경수, 나묘지향빈.

목화송이 된 영산홍

〈冬棉〉 겨울 목화송이, 2019. 2. 19. 김범중

온 하늘의 눈 궁전을 덮으니
휴일 송림엔 산새 소리도 멈추었네.

줄기마다 가지마다 얼음 외투

솜도 없고 불도 없는데 따뜻하네.

滿天祥雪蓋寒宮, 休日松林鳥韻終. 만천상설개한궁, 휴일송림조운종.

幹幹枝枝氷外套, 無棉無火若衾中. 간간지지빙외투, 무면무화약금중.

〈氷池〉 얼어붙은 춘당지, 2018. 12. 15. 김범중

어제는 아름다운 단풍이더니

돌연 하얀 안개꽃 가득하네.

배고픈 고양이 청설모 쫓으니

노인은 지팡이를 휘두르네.

昨日丹楓葉, 突然滿白淞. 작일단풍엽, 돌연만백송.

窮猫從黑鼠, 老客弄靑筇. 궁묘종흑서, 노객농청공.

〈氷花〉 얼음꽃, 2016. 2. 25, 김범중

어제 숲에 내린 눈은 안개꽃 같고

아침햇살에 나뭇가지 영롱한 수정 달았네.

한동안 햇빛에 화사하게 빛나던 보석

잠시 후 다시 보니 앙상한 가지만 보이네.

昨天雪樹似煙花, 朝旭氷枝帶玉晶. 작천설수사연화, 조욱빙지대옥정.

一度陽光輝寶石, 移時再見有干莖. 일도양광휘보석, 이시재견유간경.

춘당지의 백설

〈銀盤〉 은쟁반, 2018. 1. 12, 김범중

버드나무 잎 떨어지니 원앙도 떠나고

손님 쓸쓸한데 잉어마저 동면 중이네.

흰 꽃 온 세상 덮었는데

어떻게 다 그리나.

柳落鴛鴦去, 賓孤鯉睡眠. 유락원앙거, 빈고리수면.
白花蒙世上, 何以繪成全. 백화몽세상, 하이회성전.

〈日沒〉춘당지 일몰, 2016. 12. 15. 김범중

삭풍은 숲을 희롱하며 스쳐 가는데
한 마리 기러기 서쪽 하늘 지나가네.
회색 버드나무 물가에 의지하고
푸른 소나무는 고궁에 숨어 있네.
얼음 속 냉기 서려 있지만
눈 속엔 동백 꽃봉오리 솟아나네.
춘당지 가족은 아직도 동면 중인데
나무 끝에 오는 봄 찬란한 하늘 준비하네.

朔風搖樹去, 一雁越西空. 삭풍요수거, 일안월서공.
灰柳依池畔, 靑松隱故宮. 회유의지반, 청송은고궁.
氷裏寒氣結, 雪中冬柏衝. 빙리한기결, 설중동백충.
神仙還作夢, 梢春備彩穹. 신선환작몽, 초춘비채궁.

□ 겨울나무

겨울나무

봄에 꽃과 잎을 피워 한여름을 구가했던 나뭇잎. 가을에 몸체를 예쁘게 물들여 궁궐을 아름답게 수놓고 떠나간다. 사람도 예전에 꽃상여를 타고 떠나던 풍습은 이러한 자연의 이치에 순응한 것은 아닐는지. 대부분의 활엽수는 겨울이 오기 전에 나뭇잎을 모두 떨구어 한겨울을 나목(裸木)으로 지내려 한다. 목련은 미리 두툼한 털옷을 입고 겨울을 대비하고 산수유·생강나무·매화 등은 맨몸으로 새싹을 틔워 동장군(冬將軍)과 대항하며 새봄의 궁궐을 장식할 준비를 한다. 신체적으로 열악한 로제트 식물[65]은 미리 경쟁을 피해 자신만의 삶의 터전을 확보한다.

그러나 소나무 등 상록 침엽수는 '한겨울의 궁궐은 내게 맡겨라'는 듯 추

---

65) 민들레처럼 지면에 붙어 뿌리에서 발생한 잎을 장미 모양으로 펼치고 월동하는 식물.

위를 감내하며 궁궐의 여기저기서 청량감을 안겨준다. 양지바른 담장 아래 한 잎 두 잎 보이는 개나리꽃, 생뚱맞게 길가에 피어난 가냘픈 영산홍도 한겨울 관람객에게 감탄과 애처로움을 자아내게 한다. 또한 가끔 나뭇가지를 하얗게 입힌 눈송이는 순백의 꽃이 되어, 오색찬란한 꽃송이 못지않게 궁궐의 겨울 풍치(風致)를 더해 준다.

환경전 옆 소나무

〈寒松〉 한송, 2020. 11. 23. 김범중

전각 옆 늘 푸른 소나무

오늘도 비바람 막아 주네.

용 같은 기상 하늘로 솟구쳐

묵묵히 유구한 전각 지키네.

殿側常靑樹, 今天堅雨風. 전측상청수, 금천견우풍.

如龍英氣抖, 默默守悠宮. 여용조기두, 묵묵수유궁.

소나무는 한국인이 가장 좋아하는 나무이다. 요람에서 무덤까지 우리 민족의 일상생활과 불가분의 관계가 있는 나무이다. 사람이 태어나면 금줄에 솔잎을 꿰어 잡귀(雜鬼)의 진입을 막고 솔가지를 땔감으로 사용했으며, 소나무 목재로 집을 짓고 살았다. 생을 마감할 때에도 송판으로 만든 관에 의해 저승길로 갔다. 소나무의 '松(송)' 자에 벼슬 '公(공)' 자가 들어 있는 것은 옛날 중국 진시왕이 나들이 중 비를 만나 피할 곳을 찾다가 마침 큰 나무를 발견하고, 그 밑에서 비를 피하게 해 준 고마움으로 벼슬을 내려서 松이라는 이름이 되었다고 한다.

조선 왕조가 들어서면서 궁궐의 건축재·관재용으로 소나무 수요가 많아져 건국 초부터 소나무 보호 정책을 강력히 추진했다. 정조는 소나무를 유난히 좋아하여, 화성으로 옮긴 아버지 사도세자(思悼世子)의 묘 주변에 소나무를 심었다. 소나무 보호를 위해 나무마다 돈(엽전) 꾸러미를 달아 놓고 소나무가 탐나는 사람에게 소나무 대신 그 돈을 가져가도록 했다는 일화가 전해진다. 정조가 마지막까지 기거했던 창경궁 영춘헌(迎春軒) 주변에는 노송이 우거져 있다.

〈木覓松林〉[66] 목멱 송림, 김창흡(金昌翕, 1653~1722)

저기 멀리 소나무 숲 푸른빛이 눈에 들어오는데
소 등에 잠두 능선 위에 온통 그늘 뒤덮었네.
어찌하면 패기를 푸릇푸릇 키워 가며

---

66) 『三淵集卷之五』

천년을 도끼질 당함을 피할까나.

蒼蒼入目遠松林, 牛背矗頭萬蓋陰. 창창입목원송림, 우배잠두만개음.
安得長靑滋覇氣, 千年不受斧斤侵. 안득장청자패기, 천년불수부근침.

조선 후기 실학자 홍만선(洪萬選)이 지은 『산림경제(山林經濟)』에 집 주변에
송죽(松竹)을 심으면 생기가 돌고 속기(俗氣)를 물리칠 수 있다고 했다. 추위
와 눈보라에도 변함없이 늘 푸른 소나무의 기상이 '초목의 군자' '송죽과 같은
절개'라고 하여 수많은 선비나 군자가 소나무를 시의 주제로 읊으며 그 기상
을 본받고자 했다.
특히 겨울은 소나무의 계절이다. 소나무는 사시사철 푸른데 왜 겨울을 소나
무의 계절이라 하는가? 온갖 나무가 다 시들어도 소나무는 늘 푸른빛을 자랑
하기 때문이다. 『논어(論語)』에도 "계절이 추워진 연후에야 소나무와 잣나무
가 늦게 시든다는 사실을 안다(歲寒然後, 知松柏之後彫也)."라는 말이 있다.
중국 송나라 시인 여본중(呂本中)의 소나무에 대한 시가 전해진다.

〈松〉 소나무, 여본중(呂本中, 10841~1145)

바람과 서리 탓에 모든 나무 시들어
추운 계절 오로지 노송 외롭네.
진시황은 맑고 높은 지조 모르고
억지로 그대를 대부 삼았네.

一依風霜萬木枯, 歲寒惟見老松孤. 일의풍상만목고, 세한유견노송고.
秦皇不識淸高操, 强欲煩君作大夫. 진황불식청고조, 강욕번군작대부.

함인정 앞 주목나무

〈朱木〉주목, 2020. 3. 15. 김범중

전각 뒤 천년을 사는 나무
가지마다 상서로움 서려 있네.
붉은 피목은 잡귀를 물리치고
곤룡포 되어 성조를 이어 주었다네.

殿後千年樹, 枝枝有瑞曨. 전후천년수, 지지유서효.

紅皮驅辟邪, 作袞承昌朝. 홍피구벽사, 작곤승창조.

'살아 천년 죽어 천년'이란 말로 잘 알려진 주목 나무는 늘 푸른 나무로 적색의 수피(樹皮)를 갖고 있어서 주목(朱木)이란 이름을 얻었다. 겉피의 붉은 색은 내세를 의미해 예부터 관재, 불상의 재료로 활용되었다. 또한 표피에서 붉은 염료를 추출해 임금의 곤룡포(袞龍袍) 염료로 활용되었으며, 궁녀들의 색동옷 물감으로도 사용되었다고 한다.

함인정 앞 향나무

〈香木〉 향나무, 2020. 11. 김범중

계단 아래 신령스러운 향나무
주목과 짝하며 천년을 산다네.
세상을 향해 향을 뿜어내니
노객도 신선이 된 듯.

階下一靈樹, 同楡樂萬年. 계하일영수, 동유낙만년.
發香供世上, 老客若神仙. 발향공세상, 노객약신선.

향내는 부정을 없애고 정신을 맑게 함으로써 천지신명(天地神明)과 연결하는 통로로 생각하여, 예부터 모든 제사의식 때 제일 먼저 향불을 피웠다. 그래서 향나무는 신과 인간을 이어 주는 매체이자 부정을 씻어 주는 신비의 나무로 사랑받아 왔다.
"향나무는 고대 바빌로니아와 중국에서 주로 사용되었는데, 우리나라는 6세기 초 신라 눌지왕(訥祗王) 때 중국 양나라 사신이 가져왔다고 한다. 아무도 그 용도를 몰랐으나 고구려 승려 묵호자(墨胡子)가 알려 주었다. 마침 공주가 병을 앓고 있었는데 묵호자를 불러 향을 피우고 제를 올리니 병이 곧 나았다. 왕은 매우 기뻐하여 묵호자에게 절을 지어 주고 불법을 전파하게 했다고 한다."[67]

---

67) 『감동이 있는 나무 이야기』 p. 345.

〈黄楊木〉 회양목, 2020. 3. 13. 김범중

비록 작지만 속 찬 나무
속은 연한 황색을 띠었네.
호패 되어 궁문 지켰다니
평범한 재신보다 낫네.

雖小有眞髓, 深中顯米黃. 수소유진수, 심중현미황.
爲牌當護士, 更大於椽桼. 위패당호사, 경대어연망.

회양목은 늘 푸른 떨기나무로 석회암 지대인 강원도 회양 지방에서 자생한
다고 해서 회양목이라 한다. 속 피가 노란색이라 황양목(黄楊木)이라고도 한
다. 더디게 자라지만 재질이 균일하고 치밀해서 궁궐에서 목판활자·호패 등
으로 사용되었으며, 민간에서는 도장·참빗·장기알 등의 재료로 활용되었다.
너무나 천천히 자라서 "1년에 한 치씩 자라다가 윤년이 되면 오히려 세 치가
줄어든다고 할 정도로 성장 속도가 느리다. 중국의 북송 시인 소동파는 이러
한 모습을 '황양액윤(黄楊厄閏)'이란 시귀로 표현했는데, 이는 일의 진척이 잘
안되는 경우를 의미하는 성어(成語)가 되었다."[68] 또한 궁궐에서 이 나무에 대
한 수요가 늘자 민간에 참빗 만드는 용도를 제한하고 그 대신 호패(戶牌) 재
료로 관아에 납품하는 회양목계가 성행했다는 이야기가 전해진다.

---

68) 『감동이 있는 나무 이야기』 p. 395.

〈冬薑樹〉 **겨울 생강나무**, 2018. 1. 25. 김범중

오작은 혹한에 움츠러드는데
생강나무 새싹은 새봄을 준비하네.
나무가 겨울에 추위를 견딜 수 없다면
천지자연의 변화와 어찌 통할 수 있으랴?

酷寒烏鵲縮, 薑樹備南風. 혹한오작축, 강수비남풍.

不可忍寒冷, 與天何以通. 불가인한냉, 여천하이통.

겨울 수유 열매

〈冬茱〉 겨울 수유, 2019. 12. 18. 김범중

한겨울 궁궐 곳곳에 피어난 붉은 꽃
추운 궁궐 따뜻하게 하네.
어린 싹 한겨울 견디며 피어나는 생강나무
새봄의 전령사라 자랑 마라.

處處紅花滿, 冷宮却暖溫. 처처홍화만, 냉궁각난온.
薑芽過凍氷, 勿傲自傳言. 강아과동빙, 물오자전언.

□ 어의(御意)를 아는 양화당 노송

양화당 전경

통명전과 나란히 남쪽을 바라보는 양화당(養和堂)은 1637년 1월 매서운 한파가 몰아칠 때, 청나라와의 전쟁에 패해 삼전도 나루터에서 항복한 인조가 돌아와 거처했던 곳이다. 한겨울이 되면 이곳에서부터 숭지문(崇智門)에 이르는 지역은 황량하여 휜 바람이 불면 먼지·나뭇잎이 휘날리고 눈이 내리면 은빛 휘장을 깔아놓은 듯 빛나기도 한다.

양화당은 왕과 왕비의 생활 공간으로 활용된 전각이다. 임진왜란 때 화재는 피했으나 이괄의 난, 순조 대(代)의 화재로 소실되었다가 복구되어 현재에 이른다. 인조반정(仁祖反正)과 이괄의 난으로 창덕궁이 인정전(仁政殿)만 남기고 소실되었기 때문에 인조가 청나라 사신을 접견하는 장소로 쓰였다고 한다.

'양화(養和)'는 '조화로움을 기른다'는 의미이다. 왕비의 생활 공간이므로 심신을 조화롭게 가꾸라는 염원을 담고 있다.『진서(晉書)』「하순전(賀循傳)」에 "소요하며 화평을 기르고[養和], 정신을 평안히 하여 자족한다."라는 용례가 보인다.[69]

"경종은 즉위 4년이 되는 해에 건강이 좋지 않아 이곳에서 치료를 받는 도중 악화되어 환취정(環翠亭)으로 이어한 후 얼마 안 되어 승하했다."[70] 명종은 양화당에서 자주 신하들과 술자리를 가졌다고 한다. 양화당은 위치상으로는 통명전 바로 동쪽에 위치하지만 두 건물 사이에는 담장이 높게 쳐져서 철저히 차단되었다고 한다. 양화당 앞에서 영춘헌과 옥천에 이르는 지역은 동궐도에 보이듯 연희당·연경당 등 여러 전각과 문으로 들어차 있었다. 지금은 본채 건물만 휑하니 남아 있다.

〈養和堂前靑松〉 양화당 앞 소나무, 2017. 12. 22. 김범중

용이 혹시 천명을 거역하나?
사계절 변하지 않으니.
거북 등 같은 갑옷 입고
전각을 지키며 묵묵히 충성하네.

---

69) 『궁궐의 현판과 주련 2』 p. 310.

70) 『우리궁궐을 아는 사전』 p. 364 참고.

龍或逆天命, 四時不變通. 용혹역천명, 사시불변통.

全身龜背甲, 守殿盡藎忠. 전신구배갑, 수전진창충.

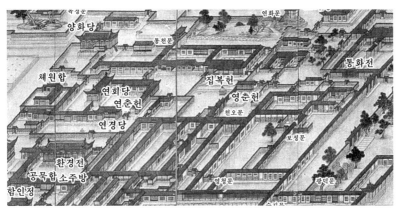

〈동궐도〉(출처: 문화재청 창경궁 관리소)

인조는 조선 제16대 왕으로 선조의 손자이며, 아버지는 정원군이고 어머니는 인헌왕후(仁獻王后)이다. 능양군(綾陽君)으로 봉해졌다가 1623년 김류·김자겸 등과 더불어 반정[71]을 일으켜 왕위에 올랐다. 광해군 대의 중립 외교정책을 지양하고 국제 정세를 오판하여 반금 친명 정책을 표방함으로써 정묘호란(丁卯胡亂), 병자호란(丙子胡亂)을 초래하였다. 남한산성에서 최후의 항전을 하다 삼전도에서 항복하는 국치를 초래하였고, 소현세자 등이 청국에서 8년간 인질 생활을 해야 하는 오욕의 역사를 남겼다. 병자호란 전에는 정통성 문제로, 그 후에는 청국의 요구로 세자에게 왕위를 물려줄까 봐 불안해했다. 소현세자의 갑작스런 죽음이 있은 후, 세자빈 강씨의 폐위와 사사

---

71) 옳지 못한 임금을 폐위하고 새 임금을 세워 나라를 바로잡음 또는 그런 일.

(賜死), 세손의 제주도 유배, 원손이 있음에도 차자인 봉림대군을 세자로 책봉하는 등 인조의 정치 행위가 어어졌다.

"창덕궁이 인조반정과 이괄에 의한 난에 의한 화재로 대부분 전각이 소실되어 인조는 1633년(인조 11년)부터 1647년(인조 25년)까지 주로 창경궁에서 살았다."[72]

〈仁祖反正〉 인조반정, 2021. 11. 20. 김범중

칠 년간 전쟁[73] 드디어 끝났는데
유약하던 선조 임금 갑자기 승하했네.
대외정세 불안하고 조정은 시끄러웠으나
민심 평온하고 민생은 나아졌다네.
전쟁에 공 세운 광해군 어렵게 등극하여
부국강병 추진했으나 기틀이 흔들렸다네.
폐모살제[74]는 당파 간 논란을 자초하고
지나친 궁궐축조[75]는 백성의 부담 되었네.
계해년 봄 한밤에 반정군 궁문[76]을 여니
새벽에 때를 기다려 광해군을 쫓아냈다네.

---

72) 『창경궁의 건축과 인물』 p. 146.

73) 임진왜란.

74) 광해군이 인목대를 폐하고, 영창대군을 죽인 사건.

75) 창덕궁·창경궁 중건, 인경궁, 경희궁 등 신축.

76) 창희문(彰熙門).

세정[77]은 가혹하여 백성의 부담 커졌고

외교정책[78] 실패는 재앙을 예고했네.

삼전도 항복으로 백성의 명예 실추되었고

형제의 청국 인질로 조정의 근심 쌓여 갔네.

간빈(奸嬪)[79]에 대한 총애로 충신의 말 듣지 않고

청에 대한 원한으로 세자에 대한 미움도 커졌다네.

을유년 봄 세자 갑자기 세상 떠나니

백성들은 세자의 죽음을 의심했다네.

모함받던 세자빈 강씨는 사약을 받았고

어린 원손은 제주에 유배 보냈다네.

뜻밖에 봉림(鳳林)에게 면류관을 씌우니

백성들은 또다시 황당했다네.

반정의 명분은 이미 사라지고

국초의 예언[80]만 남아 전한다네.

일월이 교차하며 광음이 이어지고

꽃이 피고 지며 역사가 이루어지네.

고색창연한 전각 여전히 아름다운데

---

77) 영정법(永定法).

78) 친명배금(親明排金).

79) 조소용.

80) 조선개국 시 왕십리 천도를 주장했던 무학대사가 현 경복궁에 도성의 위치를 정하면 좌청룡(차자)과 우백호(장자)의 균형이 맞지 않아 장자상속이 어렵다고 한 야사의 이야기.

하늘도 흰 구름 먹구름 교차하며 흐르네.

七年戰亂竟然央, 柔弱宣祖猝地亡. 칠년전란경연앙. 유약선조졸지망.

情勢不安朝廷吵, 人心鎭靜起居良. 정세불안조정초, 인심진정기거량.

有功光海難爲主, 無夜强軍基石浪. 유공광해난위주, 무야강군기석랑.

殺弟廢母招爭議, 建宮築闕要民粮. 살제폐모초쟁의, 건궁축궐요민양.

春宵癸亥伍開楗, 暗曉待時終逐王. 춘소계해오개건, 암효대시종축왕.

稅政苛酷斂大稅, 外交失敗招災殃. 세정가혹염대세, 외교실패초재앙.

三田降伏掃民譽, 二子人質起憂傷. 삼전항복소민예, 이자인질기우상.

寵愛奸嬪掩兩耳, 仇寃淸國作憎凔. 총애간빈엄양이, 구원청국작증창.

晩春乙酉昭顯歿, 世道人心疑急殤. 만춘을유소현몰, 세도인심의급상.

委屈姜嬪收死藥, 幼冲元子離遠攘. 위굴강빈수사약, 유충원자이원양.

鳳林不道登玉座, 鄕野草民恐又惶. 봉림부도등옥좌, 향야초민공우황.

反正名分已消失, 國初豫讖尙流長. 반정명분이소실, 국초예참상류장.

相交日月光陰續, 花謝花開靑史創. 상교일월광음속, 화사화개청사창.

古殿蒼然如前秀, 白雲墨雲互交汸. 고전창연여전수, 백운묵운호교방.

중종과 인조는 조선 역사상 반정(反正)에 의해 권좌에 오른 왕이다. 반정의
사전적 의미는 '실정하는 왕을 폐위시키고 새로 왕을 세우는 일'이다. 왕조를
교체하는 역성혁명(易姓革命)을 혁명이라 하는 데 대하여 왕조의 정통성을
유지하고 왕위만 교체하는 것을 반정이라 한다. 중종반정의 명분은 연산군의
난정(亂政)과 패륜을 회복하는 데 있으며, 인조반정의 명분은 영창대군의 살

해와 인목대비(仁穆大妃)의 폐비에서 찾을 수 있다. 그러나 반정을 추진하는 과정에 미묘한 차이가 있는 듯하다. 중종은 성희안·박원종 등이 연산군을 폐위하고 왕으로 추대된 반면, 인조는 이서·이귀·김유 등 반정 세력에 직접 참여하여 반정을 성공시켰다.

□ 송림이 보호하는 성군의 꿈

정조가 거처했던 영춘헌

영춘(迎春)은 봄[春]을 맞는다[迎]는 뜻이다. 영춘헌(迎春軒)은 양화당
동쪽 소박한 단청의 건물로 언제 건축되었는지 알 수 없지만, 인접한 집
복헌(集福軒)과 함께 숙종 때 지은 것으로 추정된다. 이 일대에 후궁의
처소가 모여 있었으므로, 영춘헌도 당초 후궁의 처소로 이용된 듯하다.
1830년에 화재로 소실되었다가 1834년 다시 지어졌다. 이때 영춘헌과 집
복헌이 ㅁ 자로 중정이 연속되면서 지붕이 이어지는 형태로 바뀌었다고
한다. 동궐도에 보이는 건물은 사라지고, 지금은 넓은 공터에 집복헌과
함께 남아 있다. 정조는 자주 영춘헌으로 신하들을 불러 격의 없는 대화
를 즐겼고 시문을 주고받았으며 독서실 겸 집무실로 사용하였다. 정조는
후반기 대부분 이곳에서 살다가, 49세 때 몸에 난 종기가 갑자기 악화되
어 승하하였다. 일제 강점기 때 건물 일부가 변형되었고, 창경원 시절 관

리사무소로 사용되다가 최근에 복원되었다.

영춘헌에서 신하들과 모임을 갖고 봄의 정취를 담아 지은 것으로 추정되는
정조의 시가 궁궐지에 전한다.

〈迎春軒奉觴志喜用洛南前韻詩〉[81] 영춘헌에서 술잔을 올리며, 낙 남전의 시운을 기꺼이 차운한 시, 정조(1752~1800)

산초를 발라 경사를 더하니 그 앞에서 스스로 빛나고
비단 춤 겹쳐 열어 장수연회를 바치나이다.
마루가 탁 틔어 봄을 맞아 봄이 늙지 않으니
잔치를 해마다 받들겠나이다.

椒塗衍慶自光前, 綵舞重開獻壽筵. 초도연경자광전, 채무중개헌수연.
軒敞迎春春不老, 恭將此會又年年. 헌창영춘춘불노, 공장차회우연연.

집복헌(集福軒)은 복을 불러 모은다는 의미의 전각으로 주로 후궁의 거
처로 사용되었다. 1735년(영조 11년) 영조와 후궁 영빈 이씨 사이에 사도
세자가 이곳에서 태어났고 1790년(정조 14년) 혜경궁 홍씨 생일날 순조
가 탄생했다. 순조의 돌잔치, 왕세자 관례, 세자빈의 첫 간택이 이곳에서
행해졌다. 집복헌은 순조와 인연이 깊은 전각이다.

---

81) 『궁궐지 2』 p. 68, p. 104.

1800년(정조 24년) 2월 집복헌에서 원자(순조)의 관례가 거행되고 원자를 세자로 책봉하는 책례(册禮)가 거행되었다. 정약용은 영춘헌에서 그 장엄한 광경을 보고 정조의 덕을 칭송하는 뜻을 담아 시를 지었다.

〈東宮册封日迎春軒恭觀儀〉[82] 동궁 책봉하는 날 영춘헌 의식을 관람하다, 정약용(丁若鏞, 1762~1836)

삼가례 마치고 사중을 선포한 후
오색구름 속 궁궐에서 어좌를 받드네.
금위병은 한밤에 용호의 기상 늠름하고
통례원 관리는 아침에 만수무강 축원하네.
주자는 공자 태어나던 해와 똑같았고
요임금의 덕은 순임금 천거와 부합했지.
만팔문 깊은 곳에서 거동을 우러르니
금박 글자와 옥 글자가 임금을 비추누나.

三加禮畢四重宣, 五色雲中捧御筵. 삼가예필사중선, 오색운중봉어연.
羽衛夜分龍虎氣, 鴻臚朝獻鶴龜年. 우위야분용호기, 홍려조헌학구년.
朱文已叶生尼歲, 堯德今孚薦舜天. 주문이협생니세, 요덕금부천순천.
萬八門深瞻日表, 金泥玉字照君前. 만팔문심첨일표, 금니옥자조군전.

* 사중(四重): 중하게 여겨야 할 네 가지 일. 말을 중히 하고, 행동을 중히 하고, 얼굴 모양을 중히 하고, 좋아하는 것을 중히 하는 것.
* 홍려(鴻臚): 각종 의식(儀式)을 관장하는 아문인 통례원(通禮院)의 이칭.
* 일표(日表): 제왕(帝王)의 의표(儀表).

---

82) 『茶山文集第三券』

〈冬迎春軒〉 영춘헌의 겨울, 2017. 12. 17. 김범중

어려서 안타깝게 당파싸움 지켜본 군주
덕 있는 사람 높이고 백성 사랑하여 탕평책을 썼다네.
눈 덮인 전각에는 아직도 성군의 꿈 서려 있어
울창한 송림은 임금의 뜻을 지켜 주는 듯.

少時哀惜黨派爭, 崇德愛民施蕩平. 소시애석당파쟁, 숭덕애민시탕평.
白雪瑤軒留大夢, 鬱蒼松樹守君情. 백설요헌류대몽, 울창송수수군정.

정조는 조선 제22대 왕으로 아버지 사도세자(思悼世子)가 죄인으로 취급되었기 때문에 어려운 과정을 거쳐 왕위에 올랐다. 11살 때 아버지가 뒤주에 갇혀 죽어가는 과정을 지켜보았고, 왕이 된 후에도 이 문제 때문에 순탄치 않은 여정을 보내야 했다.

영조는 사도세자(思悼世子) 사후 정조를 효장세자(孝章世子, 후에 진종 추대)의 후사(後嗣)로 삼아 왕통을 잇게 했다. 사실 여부야 어찌 되었든 사도세자가 죄인으로 죽음을 맞이하였으니 그 아들 정조는 죄인의 아들이 될 수밖에 없었다. 이는 정조의 왕위계승에 허물이 될 수 있는 요인이었다. 왕위계승 과정에서 반대세력에 의해 방해 공작이 이루어져 정후겸 등이 정조를 해치려 하였고, 그를 비방하는 내용으로 투서하거나 정조가 거처하던 존현각(尊賢閣)에 괴한이 침입하여 염탐하는 사건이 이어졌다.

그러나 천부적인 부지런함과 교육 훈련으로 향상된 정치 리더십을 발휘하여 규장각(奎章閣)·장용위(壯勇衛) 설치 등 개혁과 대통합을 추진하였다. 정조는 항상 백성을 생각하는 개혁 군주이면서 학문을 숭상하는 학문 정치를 추구하였던 임금이었다. 많은 저서와 시문이 남아 있다. 그 대표적인 시문집이

『홍재 전서(弘齋全書)』이다. 아래 시는 상림십경(上林十景) 중 관덕정의 풍광을 읊은 시이다.

〈觀德楓林〉 관덕풍림, 정조(1752~1800)

과녁판이 울릴 때면 화살이 정곡을 맞힌 것인데
운하의 장막이 선경 숲을 에워쌌네.
삼청동의 물색은 원래부터 이러저러하기에
여러 공경과 함께 즐기며 취하기를 금치 않노라.

畵鵠鳴時箭中心, 雲霞步障擁仙林, 화곡명시전중심, 운하보장옹선림.
三淸物色元如許, 樂與諸君醉不禁. 삼청물색원여허, 낙여제군취불금.

창덕궁 후원(後苑)은 약 55만 제곱미터 크기의 세계적으로 손꼽히는 정원이다. 13개의 정자와 연못이 곳곳에 축조되어 있다. 후원은 시기에 따라 상림원, 내원, 서원, 북원, 금원 등의 이름이 있었는데, 정조가 활동하던 시기에는 상림원(上林苑)으로 불렸다. 정조가 창덕궁의 후원에서 아름다운 경치 10곳을 선정하여 시를 지었는데 이를 상림십경(上林十景)이라 한다. 이 시들은 『홍재전서와(弘齋全書)』 『동국여지비고(東國輿地備考)』에 실려 있다.

이중 관덕풍림(觀德楓林)과 전술한 관풍춘경(觀豐春耕)은 창경궁에 속하는 경치를 읊은 시이다.

〈臨迎春軒思主〉 영춘헌에서 정조를 생각하다, 2016. 11. 5.
김범중

당쟁의 소용돌이로 아버지 희생되고
천신만고 끝에 임금에 올랐네.
스스로 수신하여 성군의 소양 닦고
문치의 탕평책으로 태평성대 이루었네.
충신들 주변에 모여 조정이 혁신되는데
임금이 승하하니 번영의 꿈도 떠나갔네.
절대 가인은 하늘도 시기하나?
노송도 머리 숙여 생각에 잠기네.

黨爭渦動父親犧, 萬苦千辛登玉椅. 당쟁와동부친희, 만고천신등옥의.
積德修身隆道理, 蕩平政策展榮期. 적덕수신융도리, 탕평정책전영기.
忠臣近接朝廷變, 聖主遠行彩夢離. 충신근접조정변, 성주원행채몽리.
絶代佳人天或薄, 老松低首又深思. 절대가인천혹박, 노송저수우심사.

정조와 연산군은 어린 시절에 각각 아버지 사도세자와 폐비가 된 어머니 윤씨를 잃은 아픔을 가지고 있다. 정조는 조선의 문예 부흥(文藝復興)을 주도하고 탕평책(蕩平策)을 통해 정국을 안정시킨 개혁 군주이며 성군의 면모를 보인 반면, 연산군은 폭군의 길을 걷게 된 이유는 무엇일까?
그 대상이 연산군은 어머니, 정조는 아버지이기 때문에 어머니로서 모성애의 유무가 양 군주를 서로 다른 길을 걷게 한 한 요인이 아닐는지.

모성애 결핍증의 연구에 따르면 모성애 결핍을 경험한 아동들은 슬픔과 불안이 주 증상으로 성인에 대한 공포반응, 사회적 관계의 철회·위축·신체발달의 지연, 불면증·혼돈 등의 증상이 나타난다고 한다. 이러한 아동들은 성인이 된 후에도 정서적인 측면에서 우울증·의사 자폐증·의사발달지체·정신신경증 등의 정신병적 증상을 보일 가능성이 있다고 한다.

1777년(정조 1년) 정조는 양화당 뒤 언덕 위에 어머니 혜경궁 홍씨를 위한 침전으로 자경전(慈慶殿)이란 웅장한 전각을 지었다. 이곳은 높은 지대에 위치해 있어 아버지 사도세자의 사당인 함춘원의 경모궁(景慕宮)이 바라보이며, 아래로는 후에 정조의 거처였던 영춘헌과도 가깝다. 혜경궁 홍씨의 회고록인 『한중록(閑中錄)』의 산실이기도 한 이 전각은 19세기 후반에 철거되었다. 그 후 일제 강점기에 왕실 도서관인 장서각(藏書閣)이 들어섰다가 1992년에 철거되었다.

자경전 터 좌측에는 조선 제20대 임금 경종이 승하한 환취정(環翠亭)이 있었고, 그 옆에는 영응문이란 작은 문이 있었다. 정조가 창덕궁에 이어(移御)해 있을 때 이 문을 통해 자주 자경전의 어머니를 문안했다고 한다.

함양문에서 자경전 터를 지나 춘당지에 이르는 길은 창경궁에서 조망(眺望)이 가장 뛰어난 관람로이다. 바로 아래 모든 전각이 내려다보이며 멀리 남산이 한눈에 들어온다. 또한 봄과 가을에는 화려한 온갖 꽃과 단풍이 관람객의 발길을 끈다.

자경전 터에서 춘당지에 이르는 언덕 왼쪽 숲속에는 창경궁을 창건한 성종의 태실과 태실비가 있다.

〈慈慶殿址〉 **자경전 터, 2018. 1. 15. 김범중**

한때 화려했던 전각

흔적은 없어도 역사적 비애는 남아 있네.

노송은 옛터를 가리는데

까치는 오는 손님 반기네.

一代奢華殿, 無痕有史哀. 일대사화전, 무흔유사애.

老松蒙故址, 喜鵲接賓來. 노송몽고지, 희작접빈래.

성종 태실은 성종의 태를 묻은 곳이다. 원래 경기도 광주시 경안면에 있었으나 일제가 전국에 산재한 조선 역대 임금의 태실을 강제로 이전하면서 성종 태실은 1928년 창경궁으로 옮겨졌다. 나머지 태실은 대부분 서삼능으로 옮겼다고 한다.

성종 태실은 4각형의 지대석 위에 석종(石鐘) 모양의 몸체를 놓고 8각형의 지붕틀을 얹었으며, 상륜(相輪)은 보주(寶珠)로 장식하였다. 태실비는 태실의 동쪽에 있으며, 거북 모양의 받침돌인 귀부 위에 비신을 세우고 이수(螭首)의 머릿돌을 장식하였다.[83]

자경전 터 안내표지판

---

83) 『두산백과』

〈惠慶宮洪氏〉혜경궁 홍씨, 2020. 1. 4. 김범중

규방에서 덕을 닦아 세자빈 되었는데
임오화변으로 남편을 잃었네.
영특한 아들 어좌에 올랐어도
한중록 속의 한은 끝이 없다네.

閨房修德進嬪宮, 壬午禍難破彩虹. 규방수덕진빈궁, 임오화란파채홍.
英特世孫承主上, 恨中錄裏恨無終. 영특세손승주상, 한중록리한무종.

혜경궁 홍씨(1735~1815)는 사도 세자빈으로 널리 알려졌으며, 조선 제22
대 왕인 정조의 생모이다. 영조 대에 영의정을 지낸 홍봉한의 차녀로 태어나
1744년(영조 20년)에 세자빈으로 간택되어 1752년에 정조를 낳았다. 궁중
에서 평생을 보내며 남편 사도세자와 관련된 회고록인 『한중록(閑中錄)』을 남
겼다. 이는 『인현왕후전(仁顯王后傳)』, 『계축일기(癸丑日記)』 등과 더불어 궁
중문학(宮中文學)을 대표하는 작품으로 평가받는다. 1816년(순조 15년) 1월
에 사망했으며 경기도 화성 융릉에 남편 사도세자와 함께 합장되어 있다. 순
조는 그에게 헌경(獻敬)이라는 시호를 부여했으며, 고종은 1899년에 의황후
(毅皇后)란 시호를 내렸다.

풍기대

〈風旗臺〉 풍기대, 2016. 7. 9. 김범중

풍향을 알려 주는 8각 기둥 위의 깃발
천기의 예측은 국방에 필요했으리.
만약 천지의 이치를 알지 못했다면
공명은 적벽대전에서 이기지 못했으리.

角檻上旗告風方, 豫想天氣要國防. 각영상기고풍방, 예상천기요국방.
假若未知天地理, 公明赤壁不鼓鐺. 가약미지천지리, 공명적벽불고당.

* 공명(公明, 181~234)은 중국 삼국시대 촉한(蜀漢)의 정치가 겸 전략가로 명성이 높아 와
룡선생이라 불렸다. 유비를 도와 오나라의 손권과 연합하여 남하하는 조조의 대군을 적
벽대전(赤壁大戰)에서 대파하고, 형주와 익주를 점령하였다. 221년 한나라의 멸망을 계
기로 유비가 제위에 오르자 승상이 되었다. 수차례에 걸쳐 조조가 이끄는 위와 싸워 한
나라의 부흥을 도모한 인물이었다. 그러나 도원의 결의로 맺어진 관우·장비·유비가 차
례로 죽고 유비의 아들 유선이 왕위를 이어받으며 국력이 기울어졌다. 결국 오장원에서
위나라의 사마의와 대치하다 병들어 사망하였다. 이때 공명의 식사량과 업무량을 보고
사마의가 회심의 미소를 지으며 말한 식소사번(食少事煩)이란 성어가 유래되었다. 또한
진나라를 공격하기 위해 출진할 때 왕에게 올린 출사표(出師表)는 이를 읽고 눈물을 흘
리지 않은 자가 없을 정도로 충정으로 가득 찬 천고의 명문으로 꼽는다. 후대에 승부를
겨루기 위해 출전할 때 자주 쓰이는 용어가 되었다.

풍기대(風旗臺)는 바람의 방향과 풍속을 관측했던 기구이다. 창경궁에 있는
풍기대는 18세기 유물로 추정되며 탁자 모양의 돌 위에 구름무늬를 정교하
게 새긴 모습이다. 팔각기둥 맨 위에 구멍을 뚫어 깃대를 꽂고 그 깃대 끝에
서 깃발이 날리는 방향을 보고 풍향을 재고, 나부끼는 상태를 보고 바람의 세
기를 측정하였다. 풍기대 옆의 앙부일구는 1434년(세종 16년)에 처음 만들어
진 천문의기로서 가장 널리 사용되던 해시계이다. 시계판이 가마솥같이 오목
하고 하늘을 우러러 보고 있다고 해서 붙여진 이름이다.

앙부일구

〈涵陽門鵲聲〉함양문의 까치 소리, 2017. 12. 18. 김범중

까아 깍 까치 소리 노을을 막고
꾸우구 비둘기 소리 석양이 애달프다네.
큰 소리로 세모를 놀라게 하지 마라
혹시 세월도 놀라 황급히 달아날라.

嘩嘩鵲叫沮殘光, 喋喋鳩鳴惜夕陽. 화화작규저잔광, 첩첩구명석석양.
請勿高聲驚歲暮, 或如兎烏走慌忙. 청물고성경세모, 혹여토오주황망.

* 오토(兎烏): 세월.

□ 무너진 옛터에도 방초는 피어나리

눈 내린 궐내각사 터

홍화문의 남행각을 지나면 넓은 공터가 펼쳐지는데 이 일대가 궐내각사 터이다. 이곳에 왕실과 궁궐의 관리를 위한 여러 건물이 있었다. 문정전(文政殿)을 비롯한 여러 전각과 함께 일제에 의해 훼철(毀撤)되어 왕실의 존엄성이 훼손된 곳 중의 하나다. 다행히 문정전은 1980년대에 재건되어 본래의 모습을 되찾았지만, 이곳은 아직도 황량하게 빈터로 남아 있다. 하절기에는 초목이 우거지고 방초가 피어나지만, 한겨울에 휘 부는 바람이 낙엽을 날리면 쓸쓸함이 폐부(肺腑)에 깊이 스며든다. 또한 이따금 흰 눈이 내리면 백설의 평원이 되어 초목은 은빛 휘장을 두른 채 동면에 든다.

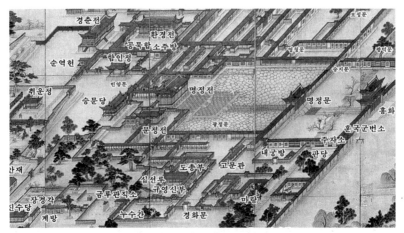

〈동궐도〉(출처: 문화재청 창경궁 관리소)

 창경궁 궐내각사 터의 중심에는 군사 업무를 총괄하는 도총부(都摠府)[84]가 있었고, 남행각과 선인문(宣仁門) 사이에 정조의 명으로 완성한 금속활자 정리자를 보관했던 규영신부가 있었다. 그 주변에 마구간과 사료 창고 등 대규모 복합 시설이 있었다. 서쪽에는 해와 별의 움직임을 관찰하여 시각을 측정하던 관천대(觀天臺)가 있으며, 그 옆에는 동궁으로 들어가는 동룡문(銅龍門)이 있었다.

 그러나 일제 강점기 때 이 일대를 헐고 동물원 축사를 만들어 울 안에 갇힌 짐승과 울타리를 지키는 삼엄한 이리떼만 날뛰었으니 여기저기서 짐승의 울부짖음만 요란하였을 것이다. 1980년대에 복원 사업을 추진해

---

84) 1781년(정조 5년)에 창덕궁에 있던 도총부를 원래 있었던 창경궁의 동룡문 북쪽으로 옮겨 설치하였다. 원래 도총부는 임진왜란 이전까지 존재하였던 5위를 관장하던 기관이었다. 5위는 외소(돈화문 밖), 남소(금호문 앞), 서소(요금문 안), 동소(선인문 안), 북소(경화문 동쪽)이다.

지금의 모습으로 바뀌었다.

창경원 시절에는 벚나무가 울창해서 벚꽃이 피는 봄이면 낮이나 밤이나 상춘객들로 붐볐던 곳이다. 당시 청춘남녀들에게 최고의 데이트 장소였다.

궐내각사 터 | 闕內各司址
Gwolnaegaksa Site | 闕內各司遺址

관천대 동쪽과 남쪽의 빈터는 왕실과 직접 관련이 있는 관청, 즉 궐내각사가 있던 곳이다. 창경궁 궐내각사의 중심에는 군사 업무를 총괄하는 도총부(都總府)가 있었다. 그 주변의 내사복시(內司僕寺)는 왕실의 수레와 말을 관리하던 곳으로, 마구간과 사료 창고 등 여러 건물들로 구성된 대규모 복합 시설이었다. 일제 강점기에 이 일대를 헐어 동물원을 만들었으나, 1980년대에 복원사업의 일환으로 지금의 모습이 되었다.

궐내각사 터 안내표지판

〈觀天臺〉 **관천대, 2016. 7. 8. 김범중**

간의가 없어져 사각기둥만 남았고

견고하던 돌계단엔 낙엽만 쌓여 있네.

자고로 군왕은 자연의 변화를 연구하였는데

천기를 알 수 있으면 백성과 통할 수 있기 때문이라.

簡儀不在石楹空, 堅固層階落葉蒙. 간의부재석영공, 견고층계낙엽몽.

自古君王究物象, 能知天可與民通. 자고군왕구물상, 능지천가여민통.

관천대

관천대(觀天臺)는 보물로 1688년에 축조된 것으로 조선 시대 천문을 관측
했던 첨성대로 알려졌다. 대 위에 소간의(小簡儀)를 설치하여 천체를 관측했
던 기구이다. 계단과 난간만으로 구성된 건축물로 간결하고 힘찬 조형미가
느껴진다. 당초에는 창덕궁 후원 금호문에 축조했다가 창경궁으로 옮겼다
고 한다.

〈老柳〉늙은 버드나무, 2016. 12. 23. 김범중

늙은 버드나무 늘어져 있는데
한풍에 백설이 날리네.
오늘도 망연히 궁궐을 바라보며
영욕이 서로 의지하고 있는 것일까?

老柳垂南址, 寒風白雪飛. 노유수남지, 한풍백설비.

今天望大殿, 或是辱榮依. 금천망대전, 혹시욕영의.

창경궁은 세분 대비를 모시기 위해 지은 궁궐(宮闕)이기 때문에 외부에 노출되는 것을 가리기 위해 빨리 자라는 버드나무를 많이 심었다.

버드나무는 약 1억 년 전에 지구상에 나타난 장수나무로 왕버들·갯버들·수양버들·능수버들 등 종류가 많다. 창경궁에는 능수버들이 궐내각사 터와 춘당지에서 자라고 있다.

버드나무는 궁중에서 불씨를 갈아 주는 도구로 쓰였으며, 국방·홍수 방지 등으로 중요한 역할을 하였다고 한다. 한편 주술의 도구로도 이용되어, "성종 8년(1477년)에 비상을 버드나무 상자에 담아 숙의 권씨 집에 던진 중궁 윤씨를 폐하는 빌미가 되었으며, 숙종 27년(1701년) 희빈 장씨가 인현왕후(仁顯王后)를 저주하기 위해 통명전 연못가에 각시와 붕어를 넣은 버드나무 상자를 묻었다가 발각되어 사약을 받았다."[85]

---

85) 『궁궐의 우리 나무』p. 69.

□ 선인문

선인문

"창덕궁의 동장문이라 칭했던 선인문(宣仁門)은 창경궁이 지어지기 전부터 있었던 것으로 보인다. 당초 선인문 부근까지 창덕궁의 궁장(宮牆)이 설치되었다고 짐작되며 이 문을 들어서면 바로 정면에 동궁 정문인 동룡문(銅龍門)이 있었다."[86]

선인문은 화재로 인한 소실과 복구를 반복하다 고종 때 재건되었다. 당초 소슬 지붕이었으나 재건되면서 맞배지붕으로 바뀌었다.

국장(國葬)이 있을 때 발인하고 나서 신주를 다시 궁으로 모셔와 혼전에 모실 때 주로 이 문이 이용되었다. 본래 왕의 신주는 홍화문으로 들어와 문정전에 모시지만 중종 계비 장경왕후(章敬王后) 국장 때부터 이 문

---

86) 『우리 궁궐을 아는 사전』 p. 390 참고.

을 이용했다.

임금님의 탈 것을 관할했던 내사복시(內司僕寺)가 선인문 우측에 있었으며, 정면에는 동궁 터가 있어서 이곳에서 일하는 많은 관원들이 주로 선인문을 이용했다고 한다.

동궁 터 일원은 왕세자가 거처하며 활동했던 곳으로 관천대 부근에서 창덕궁 낙선재(樂善齋) 일원까지를 말한다. 당초 수강궁이 있었던 자리이며, 이곳에는 세자의 교육을 담당했던 세자시강원(世子侍講院), 왕세자가 공부했던 곳이자 세자가 대리청정(代理聽政)을 한 곳이기도 한 시민당(時敏堂), 왕세자의 서재로 사용했던 진수당(進修堂) 등이 있었던 곳이다.

동궁 터 안내도

선인문 앞 회화나무

선인문은 많은 역사적인 사건을 직시하고 있다. 사도세자가 무더운 초여름에 뒤주에 갇혀 죽어 그 시신이 이 문을 통해 나갔다. 인조에 의해 폐출된 소현세자빈 강씨, 그리고 주술에 의해 인현왕후를 해치려다 사약을 받은 장희빈의 시신 역시 이 문을 통해 나갔다.

〈槐樹〉 회화나무, 2016. 7. 30. 김범중

선인문 앞의 노쇠한 회화나무
어이하여 몸이 찢어진 채 누워 있는가?

망극했던 상흔은 세월 속에 묻혀 갔지만

구전되는 옛이야기 가슴속에 쌓이네.

宣仁門內一衰槐, 何以老身斜裂頹. 선인문내일쇠괴, 하이노신사열퇴.

罔極傷痕藏歲月, 口傳故事在胸堆. 망극상흔장세월, 구전고사재흉퇴.

회화나무는 콩과 식물에 속하는 낙엽 활엽수로 궁궐의 권위를 상징하는 나무이다. 또한 은행나무·느티나무·팽나무·왕버들과 함께 5대 거수목이다. "중국 주나라 때 삼괴구극(三槐九棘)이라 하여 조정의 외조에 회화나무 세 그루를 심어 삼공(三公)이 마주 보며 앉고, 좌우에는 각각 아홉 그루의 대추나무를 심어 고관들이 둘러앉아 정사를 논했다고 한다."[87] 그래서 회화나무가 3정승 목(木)이란 이름을 얻었으며, 고급관리가 죽으면 묘지에 이 나무를 심토록 했다고 한다. 창덕궁 정문 좌측 금호문(金虎門) 부근에 여섯 그루의 오래된 회화나무가 있고, 창경궁 선인문(宣仁門) 부근에도 400년 이상 된 회화나무 두 그루가 있다.

---

87) 『궁궐의 우리 나무』 p. 230.